LES PASSE-**MURAILLES**

Collection dirigée par
Emmanuelle Dugain-Delacomptée

La littérature permet de franchir
des murs, de rencontrer l'ailleurs.
Ici, chaque livre vous emmène de l'autre côté.
Dans une autre époque, un autre pays, une autre
œuvre, un autre milieu, un autre genre...
Ici, plus de cloisons : le romanesque peut se mêler
au théâtre, l'essai à la fiction, l'image au texte.
Voilà ce que propose « Les Passe-murailles » :
une ouverture. Une liberté.

La main sur le cœur

YVES HARTÉ

La main sur le cœur

LES PASSE-**MURAILLES**

à Charles Veilletet
à Marie Harté

I. LA ROUTE DE TOLÈDE

1. Un jour de mai 2014

Un jour de mai, j'ai pris ma voiture et je suis parti à Tolède. Personne ne m'accompagnait. Je voulais rouler seul sur les routes d'Espagne. Depuis quand ne l'avais-je fait ? Plus de trente ans, certainement. J'éprouvais une joie secrète, identique à celle que j'avais souvent ressentie dans mon passé de reporter, quand dans les halls des aéroports, tous interchangeables, je devinais que personne ne pouvait savoir où j'étais, hors du monde, provisoirement effacé et invisible.

J'avais saisi un prétexte. Une rétrospective du Greco qui durait encore un mois. L'hommage célébrait le 400e anniversaire de la mort du peintre et les expositions principales se tenaient à Madrid, et surtout à Tolède, que je n'avais pas revu depuis si longtemps. Il me tardait de retrouver la Castille, de quitter les terres trop vertes, trop grasses de Navarre pour l'aridité des plateaux où le ciel semble à portée de main, où les nuages passent, lourds et lents, venant du fond des âges. Je reconnaissais les paysages. Ils me revenaient en mémoire tels qu'ils étaient dans les années 1980. Des noms apparaissaient, maintenant indiqués en grosses lettres au-dessus des quatre voies. En contrebas de l'autoroute presque déserte, on percevait plusieurs chaussées qui, en se superposant, de la plus ancienne à la plus récente, suivaient les chemins romains tracés sur les sentiers de transhumance. Au bout, il y avait Tolède…

C'est à Pancorbo que le pays que je voulais revoir a brusquement ressurgi. Pancorbo est le défilé au nord qui marque l'entrée en Castille, comme celui du Despeñaperros, au sud, signale l'arrivée en Andalousie. Autrefois, je guettais l'immense *toro* d'Osborne, un de ces *toros* d'ombre appartenant à une Espagne révolue, érigé au sommet du col. Non loin, il y avait une auberge dans laquelle les routiers arrêtaient leur Pegaso suintant d'huile. La vieille route se glissait entre deux blocs fendus par une main colossale, au milieu desquels l'imagerie romantique plaçait des pilleurs de diligences armés de tromblons.

En même temps que les premiers sentiments de liberté, les images des années anciennes ont refait surface, celles de ma jeunesse et de celui avec qui j'avais partagé tant de voyages, qui m'avait aidé à me construire, qui avait été mon meilleur ami et dont je ne soupçonnais pas combien l'absence m'obséderait. Il s'appelait Pierre Veilletet. Il était mon aîné de onze ans. J'ai appris son décès au soir du 7 janvier 2013. Il était mort seul, aussi mystérieusement qu'il avait vécu. La femme de ménage avait retrouvé son corps dans sa chambre, allongé sur son lit, sans qu'on puisse savoir avec précision si un malaise l'avait saisi au soir du réveillon ou à la veille de sa découverte. Combien de fois, trente ans auparavant, avions-nous pris ces mêmes routes ? À cette époque, il me paraissait invincible.

Maintenant, il n'y avait plus qu'à rouler tout droit, gravir quelques monts à l'approche de Madrid, redescendre vers la capitale puis la dépasser, bifurquer vers l'ouest sur les autoroutes étales qui évitent les *pueblos* et courent sur le plateau que le printemps verdit.

Je suis arrivé à Tolède étonné par la rapidité du trajet, à peine fatigué quand autrefois ce parcours nous laissait fourbus. Le soleil déclinait. Sa lumière balayait encore la plaine et faisait luire les pierres. Avant de rejoindre l'hôtel au cœur du vieux quartier, je suis monté vers le parador qui fait face à la cité depuis l'autre rive du Tage. Vue d'ici, la citadelle jaillissait, campée sur son roc, laissant les excroissances d'une cité basse à peine visibles.

Tolède n'avait pas changé. Ville de concrétions. Ville d'élévation. Mais, avant tout, promontoire défensif. Elle restait une forteresse farouche jusque dans le plus petit détail de sa construction où l'on devine le soin apporté pour la rendre vivable lors des hivers terribles et des étés d'enfer. Bâtie de murs épais, pour les plus anciens construits de mortier et de pierres sèches. Faite de briques grises et rouge pâle, de toits carrés, de passages pavés, de gros cailloux, de madriers lourds, de bois pétrifié et de rares colombages. Saisie par le gel de décembre et dévorée par le soleil de Castille contre lequel il faut également se prémunir, elle monte ainsi comme une pyramide tout au long des flancs du mont qui domine la plaine, de sorte qu'on n'y trouve aucun replat, mais des rues minuscules longeant des maisons aux fenêtres étroites. Les arcades des places, le plus souvent en pente, de la plus connue à la plus secrète, offrent la seule ombre à partir du mois de mai et protègent des pluies du printemps. Mais comme si une seule éminence au milieu d'un haut plateau ne suffisait pas à lui conférer une aspiration spirituelle, le nombre de ses édifices religieux, leur qualité, leur étonnante architecture la grandissent encore. Les trois synagogues, la mosquée toujours visible rivalisent dans leur modestie avec l'écrasante munificence de la cathédrale, monstre de pierre aux voûtes vertigineuses qui n'en finissent pas de croître, séparée en de multiples chapelles qui sont autant de lieux de culte, chacun avec ses dévotions, ses prières, ses croyants et ses confréries.

Tolède vous perd dans un fouillis de ruelles dont le seul but est de vous amener vers un édifice secret, couvent, hospice, église. Rien ne peut en détourner le visiteur qui invariablement finit par se retrouver devant une porte sacrée, sans savoir si ce lieu habité par l'esprit a pris la place d'un plus ancien, édifié sur les fondations d'une foi différente. Elle est restée ainsi, impavide et seigneuriale, tournée vers un ciel qui demeure sa seule ogive, rassemblée sur elle-même à l'intérieur de ses remparts depuis lesquels on voit de tous côtés la plaine que brûle la lumière.

Dans le soir qui tombe, des martinets partent en criaillant dans une dernière ronde. J'ai trouvé un restaurant et pensé au lendemain.

2. Le Caballero

Le lendemain, dans l'hôpital Santa Cruz de Tolède, transformé en musée, j'ai vu le tableau du Greco. Je ne m'y attendais pas mais lui m'attendait. Du moins est-ce l'impression qu'il me fit. Au milieu d'œuvres capitales rassemblées ici pour la commémoration, le *Caballero* patientait. J'ai commencé par ne pas le voir. M'attardant ailleurs, sur les toiles où l'on voyait vieillir, à mesure que les années séparaient les commandes, les modèles que le peintre avait choisis pour figurer ses apôtres. J'y retrouvais tous les motifs conventionnels de la peinture de son époque, transformés, réinterprétés, et dardés d'à-plats aux couleurs brutes : bleu cobalt, vert d'herbe, jaune soufre, ou d'un charbon obscur qui allumait des ciels d'orage lourds de menaces apocalyptiques et de punition divine.

En toute fin de visite, je me suis dirigé vers le tableau. Il avait été placé au bout d'un couloir juste avant de quitter la salle, isolé, conforme à ce qu'il laissait deviner silencieusement. Il obligeait à un face-à-face.

Le Caballero est un homme d'âge mûr. Son buste se découpe sur une sombre flaque, épaisse comme du mercure. Son manteau noir se détache de ce gris teinté de rose. Une lueur comme une auréole court tout autour de sa silhouette. La fraise étroite qui lui entoure le cou monte haut. Sa barbe et sa moustache sont assez fournies, ses cheveux coupés court. On devine le début d'une calvitie qui dégarnira peu à peu son front. Il a un visage long, d'une beauté régulière. Son regard vous traverse. Un regard las, peut-être à cause de cette paupière gauche un peu plus basse que l'autre, conséquence d'une vieille blessure dont il ne reste aucune trace.

Il a glissé dans son pourpoint la médaille de l'ordre de Calatrava en la laissant à peine dépasser, de façon qu'on ne puisse l'accuser de l'exhiber avec vanité ni de la cacher avec ostentation. Il porte une épée richement ornée d'or à son côté, mais son bras gauche, que l'on devine immobile le long de son corps, ne peut la soutenir. Son épaule semble disjointe, comme lestée par un poids invisible. Il a posé sur son cœur sa main droite aux longs doigts fins qu'on jurerait impropres aux guerres et aux combats, réunissant le majeur et l'annulaire, écartant soigneusement les deux autres.

Je scrutais la toile, étudiant son vernis, ses couleurs, sa lumière, l'expression du visage, les vêtements. Je conservais l'image d'un portrait plus noir, plus opaque, plus sinistre. Il m'apparaissait maintenant empli d'une tristesse douce au lieu d'une lugubre sévérité. J'imaginais les pigments broyés voilà près de cinq siècles dans un mortier, dont quelques molécules subsistent encore pour vous imprégner de leur message, la trame tissée il y a tant d'années dans un atelier au pied d'un couvent. Je notais les points d'or qui parsemaient sa collerette en minuscules touches posées du bout du pinceau, les cernes sous les yeux qui me rendaient contemporain l'homme qui me regardait. Le musée s'était presque vidé. Pour prolonger ma visite, j'ai lentement lu la notice qui l'accompagnait. C'était la fiche de renseignements la plus complète et la plus détaillée de toutes celles que l'on avait mises en exergue à côté des œuvres.

Elle disait ceci :

« El caballero de la mano en el pecho », vers 1580. Pourrait être le comte de Portalegre, Juan de Silva.

Plus loin, après la description du portrait, elle précisait :

Ces éléments, davantage que l'âge apparent du modèle, laissent supposer qu'il s'agit du quatrième comte de Portalegre, Juan de Silva y Silveira, surnommé le Manchot ou le Mutilé, soldat à Oran, où il fut accusé de trahison, ce qui explique ce serment de fidélité, plus tard ambassadeur au Portugal et blessé à la bataille d'Alcazarquivir, fait prisonnier par les Maures et réduit en esclavage jusqu'en 1579, ayant perdu l'usage du bras gauche lors d'une « arquebusade » le laissant impotent durant de nombreux mois, puis, après être passé dans les mains de chirurgiens, infirme et manchot.

Ces quelques mots m'ont plongé dans une spirale d'interrogations. Ainsi, le tableau le plus fameux du Siècle d'or, celui qui est censé représenter la quintessence de l'hidalgo, autrement dit de la noblesse espagnole, de son élévation spirituelle, aurait été imaginé pour offrir une respectabilité à un homme qui n'en avait plus ? Un aventurier ayant été ambassadeur, un soldat accusé de traîtrise essayant de se racheter ? Un gentilhomme réduit en esclavage et tâchant de s'exempter de son passé ?

Il jure fidélité, mais est-ce pour assurer à son roi, Philippe II, son entière et totale dévotion ? Ou au contraire pour cacher la souillure d'une faute d'honneur ?

Soudain, je me suis souvenu de la première fois que je l'avais vu. C'était au Prado, à Madrid, au début des années 1980, avec Veilletet. Étais-je venu là pour retrouver celui dont l'amitié me manquait ? J'ai encore dévisagé le Caballero et la ressemblance m'est apparue peu à peu. J'étais peut-être victime d'un sortilège ou de ma propre nostalgie, mais, bel et bien, cet aristocrate austère nommé Juan de Silva avait l'air d'être un parent de Veilletet. Comme un aïeul ou un fils. Un double qui me fixait avec le regard désabusé de celui qui ne croit plus en l'espérance.

3. Tout à apprendre

Quand je l'ai rencontré, à la fin des années 1970, Pierre Veilletet était un grand reporter auréolé de gloire. Il avait remarqué le débutant que j'étais. Il était blond et pâle, avec des mains épaisses et molles, camouflait un léger embonpoint sous des costumes anglais choisis avec soin et sa calvitie sous une casquette de tweed. Il aimait l'Espagne, baragouinait quelques mots de castillan. Ses connaissances en matière tauromachique me paraissaient davantage exhumées de vieilles lectures qu'apprises sur le sable. Il était en revanche très bon connaisseur de la scène politique d'alors, imbattable sur son histoire et son patrimoine artistique. Il était resté de longs mois à Madrid en 1975, relatant l'agonie de Franco et la stupeur d'un pays qui, par la vertu d'une mort attendue, allait rejoindre une Europe dont il s'était éloigné. Il m'avait demandé un article pour la revue qu'il lançait et qu'il avait baptisée *Cahiers de la corrida* en hommage au cinéma, son autre passion. J'étais venu lui apporter mon papier, un soir. Il habitait dans un immeuble du quai des Chartrons, à Bordeaux.

Au pied de l'escalier qui menait à son palier, surgissait dans le clair-obscur la statue d'une sphinge dont en passant il caressait rêveusement la joue de pierre. Son appartement était grand, tarabiscoté et malcommode, le salon meublé de quelques fauteuils et d'un guéridon Art déco posés sur un parquet Versailles qui, jadis, avait dû accueillir des dîners de réception. Au fond, dos à un vaste miroir piqueté, sur un bureau ouvragé, était posée la sculpture en bois d'une panthère noire. Cette seule courbure féline adoucissait l'espace, comme un talisman chargé de flairer le danger. On accédait aux autres pièces, pareillement marquetées et lambrissées, qui donnaient sur le balcon et le fleuve impassible, par un cabinet rectangulaire qui servait de bibliothèque. Veilletet vivait là. C'était d'ailleurs le seul endroit qui ne paraissait pas figé dans le passé et conservait un chaud désordre. Des pipes en bataille. Des bouteilles de vin, de whisky, de gin, de jerez à l'étiquette rouge et or, un antique téléviseur, des sofas et un grand canapé en velours usé. Et tout autour, du sol au plafond, sur des étagères de palissandre, des livres rangés par ordre alphabétique, avec une échelle de bambou pour accéder aux plus hauts. Dans les placards du bas, des revues, des journaux, des albums. Des disques de tous genres, flamenco, musique classique, vieux standards des années 1950. Kathleen Ferrier côtoyait Paco de Lucía et Nat King Cole dont, chaque fois que me revient en mémoire cette bibliothèque, il me semble entendre en sourdine la voix délicatement écorchée d'un accent américain chantant *Aquellos ojos verdes*.

Tout le temps de cette première soirée et après m'avoir à peine dit que j'étais désormais un collaborateur des *Cahiers de la corrida*, Veilletet parla de ses lectures, des romans qu'il avait aimés. Il était un puits d'érudition, dénué de cuistrerie.

« Si nous partions à Ronda l'été prochain ? » me lança-t-il tout à coup.

Le mois de septembre était le plus beau, il y avait une corrida magnifique, qu'attendions-nous pour y aller ? J'avais accepté, un peu étonné mais ravi.

« Vous pourriez me rejoindre à Algésiras, où je passe quelques jours, avait-il ajouté. Et nous pourrions revenir par Tolède... Madrid ensuite, bien sûr. Mais Tolède, quand on arrive par le Sud... »

Je l'observais, acquiesçant à peine. Il percevait mon embarras.

« Vous ne connaissez pas ? C'est une ville faite pour vous, vous savez...

– Je... Ah bon ?

– Oui, oui, me dit-il en remplissant de nouveau nos verres. Vous êtes un jeune homme plein d'avenir mais il y a au fond de vous de la préhistoire, disons plutôt, des sédiments anciens, de l'alios dans votre voix, vous êtes landais, non ? un vieux siècle... Vous adorerez Tolède... D'ailleurs, c'est étrange que vous n'ayez pas encore eu l'occasion de vous y rendre...

– C'est vrai, je n'y aurais jamais pensé. Trop à faire dans les Landes », ai-je répondu.

Il m'a lancé un coup d'œil moqueur, emporté par sa nature ironique qui prenait le dessus dès que la situation s'y prêtait, bien disposé à rire de tout jusque dans les plus petits détails de l'existence.

La nuit tombait sur les quais de Bordeaux. Les hangars, à cette époque, obstruaient la vue, mais pour rien au monde Veilletet n'aurait voulu qu'ils soient détruits. « Ils font partie de la ville », répétait-il. Nous parlions sans but et sans fin. Il avait trop bu, moi aussi. Nous ne nous connaissions pas encore et nous avions décidé de partir ensemble au fin fond de l'Andalousie.

Il me déconcertait.

« Moi, j'aime l'idée d'être empêché… lâcha-t-il.

– Empêché ?

– Oui, je sais que le fleuve est là, je le sens, je le devine. Entre deux hangars, je peux voir sa masse ocre, étale, odorante. Mais je veux me donner du mal pour l'apercevoir. Avoir une belle vue, avouez que c'est quand même un truc de gens satisfaits…

– Oui… Peut-être… »

À la vérité, je ne savais pas trop. Je n'en étais pas à choisir de vivre au bord de l'eau. Mes centres d'intérêt m'emmenaient plutôt vers l'intérieur des terres. Je ne pensais qu'au Sud. Je ne pensais qu'à l'Espagne. À cette époque, j'ignorais qu'un jour j'aurais besoin de voir des arbres et des buissons aux feuilles vertes. Je me croyais incandescent et victorieux. J'avais tout à apprendre.

4. Algésiras, au bout de l'Espagne

J'ai traversé l'Espagne sans hâte pour retrouver Veilletet à Algésiras. Pourquoi Algésiras, cette ville à l'écart des itinéraires touristiques, dont la proximité avec Gibraltar autorisait tous les trafics ? Seuls quelques babas en quête d'exotisme et de shit y passaient, noyés dans la foule des immigrés marocains rejoignant leur pays natal, venus pour la plupart d'Allemagne à bord de voitures surchargées, aux essieux menaçant de rendre l'âme. Des années plus tard, il me confia que, lors de ses reportages en 1975, il avait eu une liaison avec une jeune femme qui lui avait servi de guide et qu'ils avaient passé quelques jours, cachés et heureux, dans cette ville du bout de l'Europe. Elle s'était révélée d'une aide précieuse grâce à son carnet d'adresses et à ses connaissances jusqu'au plus haut de la galaxie politique. S'agissait-il pour lui de revenir sur les traces d'un amour enfui ou de la revoir une dernière fois ? Il laissait planer le doute, n'évoquant ses liaisons que de façon allusive.

J'avais fait la route avec un ami photographe qui veillait à ce que nous ne dépensions rien de superflu et possédait un vrai talent pour dénicher les plus étonnants taudis. La veille de notre rendez-vous avec Veilletet, nous avions atterri dans une pension minable, un hôtel de passe aux murs chaulés, aux parois aussi minces que du carton et aux chambres curieusement conçues comme des cellules. J'avais à peine dormi. Mes voisins étaient un couple en train de se séparer, partageant leur nuit entre pleurs, reproches et retrouvailles torrides.

Le contraste avec l'hôtel paradisiaque où nous attendait Veilletet n'en était que plus saisissant. Il était descendu au Maria Cristina, un de ces palaces conçus pour des Britanniques au temps où ils se rendaient en masse à Gibraltar, ce qui convenait à la fois à l'anglomanie qu'il avait adoptée et à sa passion non feinte pour l'Espagne. Je ne tarderais pas à découvrir qu'il cloisonnait sa vie, occultant des pans entiers de son passé, essaimant les confidences, si bien qu'au lieu d'y trouver un fil conducteur on finissait par se perdre dans un dédale de contradictions. Il divulguait à l'un ce qu'il dissimulait à l'autre, s'attachant ainsi des amitiés ou des passions indéfectibles tant on pouvait se croire seul légataire de secrets.

Les jardins du Maria Cristina étaient touffus et frais, avec des fontaines sous les palmiers aux troncs colossaux. Les lauriers roses ployaient sous les fleurs, d'antiques eucalyptus aux fûts glabres et aux branches abandonnant des lambeaux d'écorce offraient une profusion végétale délicatement désordonnée, semblable à un Orient qui aurait été oublié sur ce continent, réclamant encore ses rois maures. On prit un café sous les arcades d'une terrasse et nous partîmes pour Ronda, en pleine montagne andalouse, cent kilomètres plus au nord, où nous laissions notre compagnon de voyage qui y demeurerait pour un reportage au long cours.

À ma grande surprise, Veilletet s'acclimata à nos conditions de vie spartiates comme il lui avait été naturel de se fondre au luxe suranné du vieux palace britannique. Il était ainsi, curieux, souple, prêt à fustiger les gens et les manies, mais capable de s'adapter partout. Caméléon n'oubliant jamais d'où il venait, il avait cette ubiquité qui aurait pu convenir aux temps troublés pour répondre parfaitement, au moins dans les commencements, à ce que l'on attendait de lui. Alors qu'il était mon aîné, je pris dès nos premières rencontres un soin inquiet de tout ce qui pouvait lui arriver. Je veillais sur lui comme si je pressentais une faiblesse dont des malveillants auraient pu profiter. Il est vrai qu'il avait le talent de se créer des ennemis. Autant il savait être charmant et même désarmant, autant il pouvait devenir injuste, cinglant, usant de traits qui ne rataient jamais leur cible. Il attirait des inimitiés pour un mot blessant, le plus souvent un soir d'ivresse, et surtout par des refus inexplicables envers des hommes qui venaient vers lui, désireux de son amitié, voulant lui témoigner leur admiration et qu'il rabaissait avec une cruauté qui me stupéfiait. Cette protection qu'il ne demandait pas devait l'amuser et sans doute le toucher. De son côté, sans jamais le montrer, ni davantage m'en parler, il œuvrait silencieusement à me guider vers une formation dont j'avais besoin. Je ne calcule plus le nombre de lectures, de films ou de musiques vers lesquels il me dirigea sans avoir l'air de me conseiller. Il m'ouvrait des horizons que je ne voyais pas jusqu'alors et que je percevais désormais comme différents de ce qu'il croyait.

« Vous ne connaissez pas ? J'aurais parié que oui », lâchait-il, et je comblais cette lacune aussitôt. Plus tard, il en parlait volontiers, donnait ses impressions sans posture doctorale. Je buvais ses paroles, et à la réflexion, même aujourd'hui que le temps a passé, il me reste bien peu de conseils venant de lui dont je n'ai pas tiré avantage. Il ne s'agissait pas d'avis ni de codes desquels j'aurais appris une façon de me comporter, mais plutôt d'une manière de regarder le monde et de me prévenir sur la nature humaine.

Ses sombres prophéties sur la société à venir, déjà minée dans les années 1980 par les écrans, la bêtise et le virtuel, ses commentaires amusés sur le ressentiment, qui lui paraissait un des ressorts les plus solides des hommes, son dégoût de l'argent, sa soif de culture, lui qui était d'une érudition impressionnante, tout cela me nourrissait et m'obligeait. Je ne voulais pas le décevoir, j'avais envie de lui plaire et de le convaincre que j'étais à la hauteur de son choix. Il m'avait élu en ami. Ce n'était pas rien pour moi. Je n'étais pas dupe de ses manques, de ses mensonges, de ses vantardises d'enfant, mais il était si singulier, si insaisissable… Avec lui, je ne m'ennuyais jamais.

Souvent, il venait avec une attention, un livre, assorti de cette précaution : « Je pense que vous devriez aimer. »

Ce premier voyage fut empli de ces discussions et de ces échanges, même s'il détestait être pris en flagrant délit d'ignorance dans des domaines où il n'excellait pas. Ce fut le cas à Ronda, dont mon imaginaire était rempli depuis que j'avais dévoré tout ce que je pouvais en matière de corrida, dès le premier livre que mes parents m'avaient offert l'été de mes 14 ans, car je manifestais pour la tauromachie une passion que ma famille prenait pour une originalité amusante. Je m'aperçus bien plus tard que son auteur, Saint-Paulien, avait été un drôle d'oiseau, franquiste dès 1936, engagé dans les troupes des insurgés, faisant partie ensuite des journalistes proches de la junte qui entourait Franco. Mis à part quelques détails que je ne pouvais remarquer lors de ma lecture initiale, cette « corrida » en restait à une vision subjective de son histoire et, surtout, elle m'avait servi de récit d'apprentissage. Je connaissais ses pages à peu près par cœur, au point de me souvenir encore aujourd'hui des légendes photo : « Machaquito va tuer le *toro* qui a mortellement blessé Pepete à Murcie le 27 juin 1907. » Et je revoyais l'image.

L'histoire de Ronda m'était familière. Je savais par cœur sans y être allé comment se présentait la cité, ce nid d'aigle avec son arène perchée au-dessus d'un ravin vertigineux où, jusqu'au XIXe siècle, on jetait les cadavres des chevaux éventrés. Ma passion adolescente m'amenant à lire tout ce qui, de près ou de loin, touchait à l'Espagne, je m'étais bâti, en marge de mes études, une bibliothèque fantasque et personnelle, et j'avançais par des chemins de traverse littéraires qui n'obéissaient à aucune logique. Par le plus grand des hasards, certains recoupaient des voies plus connues. Veilletet saisissait chacun de ces signes, ce qui me remplissait d'assurance, et il exagérait nos communes origines landaises dont il accentuait l'importance en fonction des soirs et des interlocuteurs, quitte à les oublier quand il lui était plus intéressant de mettre en avant son autre origine lilloise.

Nous avancions de la sorte, tissant nos premiers liens lors de cet été bleu, dans cette chaleur sèche d'Andalousie qui s'évanouirait avec les jours d'octobre. Peu avant d'arriver à Ronda, il demanda de s'arrêter. Il souhaitait mettre une cravate pour marquer la solennité de l'événement. Cette corrida, où les toreros défilaient tous les premiers dimanches de septembre, sortis d'une estampe de Goya, vêtus à l'ancienne, avec un large bicorne et une cape pendant à l'épaule, était devenue un pèlerinage depuis que le père d'Antonio Ordóñez l'avait inventée dans les années 1950. Le maestro la reproduisait chaque année, invitant uniquement des toreros qui lui convenaient, soit qu'il en appréciât le style, soit qu'il en aimât la personnalité.

La course fut décevante. Il fallut attendre un septième *toro*, qu'Antonio Ordóñez offrit à Manzanares pour ne pas en sortir dépité. Ce fut comme un cadeau que le vieux matador se faisait à lui-même en regardant la muleta de soie accompagner l'ombre qui tombait sur le sable.

Nous avions prévu de repartir le lendemain très tôt pour Tolède, quittant le cœur de l'Andalousie pour celui de la Castille.

5. L'aigle de Tolède et les chants de l'église

Il faisait encore chaud quand nous sommes arrivés. Cette halte espérée nous ouvrait les bras avec sa lumière jaune qui se bordait de violet au creux de ses ravins. Nous avions trouvé une *fonda*, non loin de la place de Zocodover. Veilletet s'était éclipsé sous prétexte de chercher un restaurant qu'il connaissait. Je le soupçonnais d'avoir à la hâte relu un guide qui ne le quittait jamais, de façon à effectuer au pas de course une reconnaissance des rues et des endroits à voir. Tout cela afin de me persuader qu'il connaissait les moindres recoins du vieux centre. Je fis semblant de le croire, d'autant que cette visite dans le jour qui baissait révéla une surprise qu'il lui avait été impossible de prévoir. Une église ouvrait ses portes pour ce que l'on pensait être un office tardif. L'édifice accueillait en réalité une chorale de femmes qui répétait en prévision d'une fête religieuse. Au milieu du groupe des chanteuses, se tenait une jeune fille difforme et naine, silencieuse pendant les chœurs. C'était la soliste. Dès que les choristes se turent, sa voix pure, d'une puissance étonnante, emplit l'espace. On resta l'écouter. Nous ne pouvions plus bouger, assis au fond de la nef près de la porte à deux battants.

À mesure que nos yeux s'habituaient à la pénombre et qu'une lueur rasante passait par l'entrebâillement de la porte, on vit distinctement sur la voûte de l'entrée une liste de noms, certains difficiles à déchiffrer, à moitié effacés, mais ne laissant aucun doute : il s'agissait de tous les rabbins qui s'étaient succédé pendant des siècles, avant que leur synagogue ne soit transformée en lieu de culte chrétien. La filiation était-elle demeurée inscrite, défiant le temps, ou redécouverte au hasard d'une réfection, puis remise en valeur dans un souci de véracité sous l'impulsion d'un historien scrupuleux ? Je penchais pour la seconde hypothèse.

En ces années-là, moins de dix ans après la mort de Franco, les esprits n'étaient pas encore disposés à la redécouverte du passé maure et judaïsant de Tolède dont l'Alcazar, transformé en caserne des cadets militaires, avait été le théâtre d'un siège sans fin lors de la guerre civile. Les franquistes l'avaient célébré comme un des hauts lieux de résistance. Cette Espagne ne se souciait pas de revisiter son passé, trop stupéfaite de constater que, à part la tentative de coup d'État du lieutenant-colonel Tejero, le fragile miracle de la transition démocratique tenait vaille que vaille, soutenue par le roi Juan Carlos, que personne n'avait attendu dans ce registre.

Dans l'église, la double coïncidence d'un requiem porté par une voix angélique et du dévoilement de la spiritualité profonde de la ville nous avait plongés dans un étrange recueillement. Dehors, un dernier rayon de soleil faisait voleter une fine poussière qui annonçait la fin de l'été.

Nous avions repris notre marche. Sans avoir à nous le dire, nous nous étions éloignés des chemins balisés, entamant un tout autre pèlerinage, du moins pour la génération qui avait vibré aux exploits du Tour de France des années 1960 : au détour d'une rue, nous étions tombés sur la boutique de cycles de Federico Bahamontes, premier Espagnol vainqueur de la grande boucle, grimpeur hors norme devenu héros national, que je plaçais au panthéon de mes demi-dieux. Croiser cet homme de 56 ans qu'on surnommait « l'Aigle de Tolède », le voir sec, élégant, costume-cravate impeccable, cheveux blancs, fournis et ondulés, avait quelque chose de réconfortant à l'intérieur d'une cité dévolue au ciel. Nous avions parlé avec lui, il était heureux que des Français le reconnaissent et l'admirent encore.

« J'étais là en 1959, quand il est passé seul en haut du Tourmalet avec vingt minutes d'avance sur tous les autres, m'a chuchoté Veilletet tandis qu'on s'éloignait.

– Comment cela ?

– Oui, juste en face de lui, dans l'auberge où il s'était arrêté pour boire parce qu'il détestait descendre les pentes tout seul et qu'il avait attendu ses poursuivants...

– En 1959 ? avais-je demandé, un peu dubitatif.

– Oui ! L'année où il a emporté le Tour de France, voyons !

– Mais vous aviez quel âge ?...

– Seize ans. J'avais fait le chemin à vélo, juste pour le voir... »

J'étais resté silencieux, doutant de la véracité de l'aventure. Il avait ajouté : « Bahamontes était rayonnant, vous n'avez pas idée... Il avait la réputation d'être vulnérable, mais il était comme sa ville, il visait le ciel… Au moins, il a accepté de vieillir et d'être oublié… ! »

Il paraissait content de tenir la preuve d'un champion épargné par la dépression, la vulgarité ou la chute. J'ai essayé de retrouver la boutique de Bahamontes. En vain. Elle a disparu ou bien n'ai-je pas été capable de la reconnaître si longtemps après. Le grimpeur aurait désormais 76 ans. Il avait probablement vendu les cycles, les murs et tout le reste avant de quitter la ville enfermée à l'intérieur de ses remparts.

II. MADRID, PLACE SANTA ANA

1. L'hidalgo funèbre

Autrefois, la place Santa Ana de Madrid avait été le point de chute des apprentis toreros venus de Nîmes. Ils avaient trouvé un abri à la portée de leurs maigres économies au deuxième étage d'une petite pension qui sentait l'encaustique et l'eau de Javel, La Burgalesa, *calle* Núñez de Arce, tenue par Elisa Milagros Ortega, veuve diaphane et éplorée. Ils venaient là, attirés par l'hôtel Victoria, qui fut pendant des années l'épicentre du monde taurin, le pôle d'attraction de toutes les *cuadrillas*, où circulaient de folles rumeurs et où, durant le mois d'août, le plus terrible de la saison en raison de la multiplication des corridas, s'échangeaient costumes de lumières, épées, *monteras*, *puntillas* et *banderilleros*.

On garait sa voiture dans un terrain vague qui faisait office de parking, sommairement gardé par un vieil homme dont le seul emblème d'autorité tenait à une casquette qu'il avait dû récupérer au marché aux puces. C'est tout naturellement que j'y allais quelques années après avec Veilletet, qui connaissait lui aussi l'endroit et l'avait longtemps fréquenté lors de ses incursions en Espagne.

La *plaza* Santa Ana avait peu changé depuis les années 1950. Les nuits de la Movida côtoyaient les survivances franquistes après la mort du Caudillo. Des punkettes aux cheveux mauves rentrant d'équipées nocturnes dans les boîtes qui avaient essaimé tout autour croisaient au petit matin les vieilles propriétaires de pensions de famille qui trottinaient, bras dessus bras dessous, vers l'église San Sebastian pour la première messe. Elles portaient sur leurs cheveux blancs une mantille usée, réservant la plus belle pour leurs dévotions dominicales et surtout pour leur prière à san Isidro, patron de la ville, devant lequel elles portaient régulièrement un cierge avant de s'agenouiller pour marmotter leurs oraisons et susurrer leurs vœux.

Deux univers se frôlaient sans se rencontrer autour de la statue de Calderón de la Barca, érigée au centre de la place. On y trouvait les mêmes bars à tapas baignant dans leur odeur de friture, téléviseurs allumés jour et nuit, cliquetis de verres, commandes hurlées d'un bout à l'autre du comptoir, les mêmes aveugles sur le trottoir, yeux blancs sous leurs lunettes noires, vendant les billets de loterie avec leur mélopée inchangée – « *Para hoy* », disaient-ils de leurs voix de bronze qui laissaient durer le *hoy* –, les mêmes vieillards en costume beige, moustache mince et grise, pince à cravate, qui se rendaient à leur rendez-vous de la Cervecería Alemania. C'était un monde qui croyait perdurer, et dont nous percevions qu'il allait disparaître. Confusément, nous sentions à quel point il était miraculeux qu'il ait pu arriver jusqu'à nous.

En ce début du mois de septembre 1979, on se retrouva dans le hall de l'hôtel Victoria, au décor inchangé : plantes vertes, marbre blanc et fauteuils profonds dans lesquels s'enfonçaient les margoulins du monde taurin et des touristes de passage. Veilletet m'amena au Prado, où il avait passé de longues heures lors de son séjour madrilène. Il allait avec une assurance de boussole vers la salle des primitifs flamands, qu'il connaissait à merveille, par ascendance prétendait-il, puis vers le *Perro hundido* de Goya. Ce motif peint directement sur un mur puis transféré sur toile, seul sur un panneau, un peu à l'écart des œuvres majeures, était une énigme. Un chien dont on ne voyait que la tête, enterré ou luttant contre un courant dans un fleuve de limon, image d'une solitude submergée.

Celui vers lequel il revenait toujours était dans la salle centrale du musée : *Les Ménines*, de Vélasquez, objet de toutes les admirations et de toutes les études. Il ne se lassait pas de l'examiner. Seules les naines l'intéressaient, affirmait-il, déroulant l'histoire d'un enfant de Chalosse, atteint de cette infirmité, qu'il avait connu à Momuy, son village de naissance. Les versions variaient selon les moments. Ce nain surgissait de nulle part. Il en avait entendu parler peut-être et m'en racontait l'odyssée lors de nos haltes, lui donnant parfois un destin tragique, ou le mariant avec une virago qu'il matait quand, rentrant saoul chez lui, il déployait une force herculéenne, trop à l'étroit dans ce petit corps noué de muscles.

Du Greco, Veilletet aimait les portraits, et celui qu'il préférait était le *Caballero*. Il m'avait conduit devant le tableau lors de cette première visite. Je l'avais regardé sans comprendre ce qu'il m'en disait tandis qu'il observait la toile, m'assurant à mi-voix, sans que je sache s'il me parlait vraiment ou s'il se parlait à lui-même, que ce visage disait à ceux qui le fixaient ce qu'ils voulaient savoir et ce qu'ils allaient devenir. Il avait ajouté que le secret du *Caballero* était l'Escorial, où nous devions aller le lendemain si nous en avions le temps.

Nous ne l'avions pas eu, partis trop tard pour faire le détour. Je connaissais assez ses foucades pour ne pas prêter davantage attention aux mots qu'il avait murmurés. Je les avais mis sur le compte d'une invention mais, quarante ans après, je m'en souvenais toujours. « Ce visage dit à ceux qui le fixent ce qu'ils veulent savoir et ce qu'ils vont devenir… »

2. Les portes du Prado, juin 2018

Cette phrase a décidé du reste. Elle était remontée à ma mémoire comme si Veilletet me parlait à nouveau, tandis que je scrutais à Tolède ce gentilhomme dont je ne connaissais rien mais qui lui ressemblait. Quatre ans plus tard, j'ai repris l'enquête. J'ai voulu savoir qui était ce Juan de Silva dont j'avais lu la fiche détaillée lors de l'exposition. J'avais eu le temps de m'apercevoir que son identité divisait les experts et que, sous le même patronyme de Juan de Silva, se cachaient deux personnes différentes.

Au début je pensais mener une simple recherche au fil des siècles. J'ai vite compris à quel point elle allait se révéler autrement complexe. Pourtant, rien ne m'a dévié du désir d'en savoir plus. Si je découvrais le véritable destin du « Chevalier », si du moins j'en déduisais un profil, fût-ce celui d'un spectre, peut-être parviendrais-je à gommer cette absence qui augmentait à mesure que les mois passaient. Repartir à la recherche d'un homme que le temps avait effacé, revenir sur les routes de Castille, retrouver les murailles de villes silencieuses me ramenait aux étés d'autrefois et aux voyages avec Veilletet.

J'ai opté pour une investigation douce, obtenu des rendez-vous avec les personnes adéquates, de celles dont la passion ou la connaissance des œuvres du Greco me conduiraient sûrement à cerner le Caballero.

La première d'entre elles a été Leticia Ruiz. Elle est conservatrice du musée du Prado et m'a accordé un entretien avec infiniment plus de facilité que je ne l'avais prévu. Deux, trois échanges par mail. Une date fixée, le 25 juin 2018. Une célérité et une amabilité d'un autre temps. J'ignorais en revanche que l'identité du « Chevalier » divisait le monde en deux catégories : les raisonnables et les rêveurs, les classiques et les romantiques, les prudents et les aventuriers.

Leticia Ruiz appartient au camp des raisonnables. Experte et responsable du département de la peinture espagnole de la Renaissance, commissaire de plusieurs expositions, elle est l'auteure, entre mille publications, d'un catalogue raisonné du Greco et sans conteste l'une de ses meilleures spécialistes mondiales. Affable, elle a de très jolis yeux cachés derrière des lunettes sérieuses. Elle a eu la charge, qui en eût écrasé plus d'un, d'harmoniser les expositions commémorant l'anniversaire du Greco. Leticia Ruiz connaît son peintre sur le bout des doigts et le Prado est l'un des plus beaux musées du monde, où nos yeux, quel que soit le mur où ils se posent, tombent sur un chef-d'œuvre.

Elle m'a reçu dans son bureau du Casón del Buen Retiro, qui surplombe le Prado. Madrid macère dans une chaleur moite. Le rendez-vous a été fixé à 15 heures, heure que les Espagnols, lors de l'équipée napoléonienne, désignaient comme celle où seuls les chiens et les Français sortent dans la rue. D'ailleurs, il n'y a pas de chiens, mais l'habituelle file de touristes qui attendent leur tour pour retirer leur billet d'entrée.

Le Casón del Buen Retiro est un édifice néoclassique, vestige du palais royal, qui n'a rien gardé de la trace de sa fondation au XVIIe siècle. Une façade austère, peu engageante. Des portes monumentales au point que j'hésite à les pousser, dubitatif sur ma capacité à les ouvrir et vaguement impressionné par le hiératisme du lieu. Le lourd vantail tourne sur ses gonds avec une facilité déconcertante, découvrant d'immenses couloirs aux plafonds hauts, et au bout de l'un d'eux, très loin, assis à son bureau comme dans un dessin de Sempé, un minuscule huissier chargé de vérifier l'identité des rares visiteurs et de les annoncer.

Leticia Ruiz est d'une précision suisse. À l'heure dite, elle m'a accueilli avec une curiosité mêlée de circonspection concernant mon intérêt pour ce portrait du Caballero, qu'elle considère comme une pièce unique, mais au sujet duquel, sans me le dire, elle juge ma recherche farfelue et parfaitement dérisoire. Que le gentilhomme ait pu être un aventurier ou au contraire un distingué fonctionnaire la laisse de marbre. Ce qui la passionne est la figure du Greco, son indépendance farouche et son aventure solitaire.

« Sa chance finalement a été d'être fidèle à sa conception de la peinture. Il était venu à Madrid, attiré par le monumental chantier de l'Escorial, le palais qu'édifiait Philippe II et pour lequel ce dernier avait besoin de tous les talents d'Europe. Les Italiens connaissaient des techniques picturales ignorées par les peintres espagnols, dont celle de la fresque. Le Greco, malgré ses dires, ne la pratiquait pas. Philippe II lui commanda néanmoins un tableau, *Le Martyre de saint Maurice*, puis le refusa tout en en admirant la composition. Dès lors, le Greco se retira à Tolède, pour le plus grand bonheur de l'histoire de la peinture. S'il était resté à la Cour, toute sa personnalité aurait été gommée. Isolé, il a pu cultiver et imposer son style.

– Et le *Caballero* ? ai-je demandé avec une réserve prudente.

– Oh, une simple commande. Le Greco avait un besoin constant d'argent. Il réclamait des sommes pharamineuses, se débattait dans des problèmes de trésorerie insolubles, sans renoncer à acheter les couleurs les plus chères. Par ailleurs, il possédait par cœur la technique du portrait, qu'il avait apprise dans ses années italiennes, après avoir quitté son île. Il avait été l'élève de Titien, avait fréquenté le Tintoret, étudié les dessins de Michel-Ange. Quand il est arrivé en Espagne, c'était un peintre accompli qui avait une haute idée de lui-même et une véritable conception de la peinture qu'il entendait pratiquer. Ses portraits sont tous admirables de composition. Quant à celui qui vous intéresse, sans doute le plus fameux pour ce qu'il symbolise ou entend représenter, il est certainement celui d'un gentilhomme connu en son temps, Juan de Silva, marquis de Montemayor, chef militaire de la forteresse de l'Alcazar et que Philippe II venait de nommer notaire du royaume. »

Leticia Ruiz possède assez de savoir-vivre pour ne pas écraser ses contradicteurs sous sa montagne d'érudition. Elle écarte, sans avoir l'air d'y toucher, les hypothèses qui, s'appuyant sur la dissymétrie de l'épaule, s'interrogent sur l'infirmité du modèle. Pour elle, on ne peut voir le bras gauche soutenir l'épée parce que le format de la toile a été modifié, probablement au XIXe siècle. Elle passe sans s'appesantir sur les extrapolations successives qui conduiraient à désigner l'autre Juan de Silva, celui de la fiche de Tolède, possible traître au roi, et dont le portrait aurait eu vocation à le présenter sous un jour favorable. Non. Pour elle, l'affaire est réglée. Il s'agit du troisième marquis de Montemayor, qui n'a laissé comme trace dans les siècles que celui de son portrait hiératique et grave, soucieux d'affirmer sa distinction et sa pieuse fidélité – et non de son cousin, issu d'une branche éloignée de sa famille, lui aussi nommé Juan de Silva, mais comte de Portalegre.

L'assurance calme de Leticia Ruiz a quelque chose de lénifiant, comme un élixir qui vous remet des fièvres et des emportements, un charme circéen qui vous engage à vous livrer pieds et poings liés à ses thèses, bien moins échevelées que celles où m'a entraîné la lecture du carton du musée de Tolède. Elle ne sait pas que je cherche un fantôme. Et qu'un notable assuré de ses rentes, fût-il peint par un génie, ne me donne pas ce que je lui réclame. Non pas cette passivité où il se laisserait saisir par un artiste qu'il ne regarde pas vraiment, mais un esprit exténué, un homme aux abois empli de chimères qui dévisage son peintre en espérant qu'il lui offrira l'éternité.

3. L'envers du Quichotte

Je suis sorti des bureaux du Casón del Buen Retiro et j'ai laissé Leticia Ruiz à des tâches plus importantes que de se pencher sur la généalogie d'un modèle oublié. Dehors, contrastant avec la fraîcheur de l'imposant bâtiment, la chaleur m'a sauté au visage. Madrid suffoque toujours. À l'ombre des quelques arbres autour du musée, qui donnent l'illusion de trouver une oasis, entre gaz d'échappement et hululements à deux tons des voitures de police, des vendeurs de souvenirs vous alpaguent, au cas bien illusoire où vous auriez oublié quelques emplettes à la boutique du Prado. Parmi elles, inévitable, des pin's, des assiettes, des cartes postales à l'effigie du Caballero, ce sans-nom devenu au fil des siècles le symbole d'une *hidalguía* castillane, mélange de spiritualité et de dédain du monde. Je le vois, multiplié à l'infini, de toutes les tailles. Ses yeux comme des petits soleils noirs me fixent dans un tourbillon qui ramène aux longues routes blanches de son temps.

Au-delà même de la volonté du peintre et du désir du modèle, le *Caballero* dit l'âme d'un siècle, âme de fer au seul service de Dieu et du royaume, dans la quintessence de ce qui se nomme sans se définir *castiza*. La *castiza*, ce qui est pur, indemne de toute compromission, de tout mélange, qui sort du plus profond de la pierre, source claire et froide, imperméable à l'apitoiement, à commencer par celui qui concerne le corps.

C'est une volonté dont on ne peut ignorer dans quel paysage elle a été forgée. La Castille est un plateau, un château gigantesque, qui surplombe l'Espagne et y a imposé sa loi. Longtemps, on ne demandait pas à l'étranger de passage s'il parlait espagnol, mais s'il parlait castillan. C'était une entité évidente qui ne se souciait pas de ce qui l'entourait. Partout, l'ocre du sol, des blancs teintés de gris, des bruns et des verts malachites à flanc de colline, des ciels immobiles prêts à se tordre en orages. Des mirages et des ombres tremblantes, comme une terre en mouvement. Des troupeaux de moutons, innombrables, serrés les uns contre les autres, à la laine brune et jaune, semblable au sol dont ils semblent procéder. Routes droites et monts arrondis. De loin en loin, un château sur une hauteur. Ceux qui y demeuraient ne se figeaient pas dans une solitude subie mais dans un isolement orgueilleux. Un *hidalgo*, littéralement « fils de quelque chose », un de ceux qui ont une parcelle de terre, par opposition à un fils de rien, se considérait comme l'égal du premier homme, au moins jusqu'à l'horizon où passaient des armées en bandes, des caravanes, des marchands ou des pasteurs menant leurs bêtes. Cette fierté immense d'être seul sur la Terre, cette certitude d'être unique, ne pouvait se concevoir sans une dernière concession, ne servir qu'un maître ici-bas, et ne courber la tête que devant un Seigneur terrible et invisible, face à qui l'on se doit de paraître vierge de toute tache au bout de l'existence.

Voilà ce que dit le regard multiplié à l'infini du Caballero dont la prédominance n'était contestée que par une autre représentation : celle du Quichotte peint par Picasso, silhouette semblant émerger d'une brume de chaleur au-dessous d'un soleil qui tourne comme une roue de charrette. Le Caballero et don Quichotte nous livrent le même message. Ils rappellent aux siècles à venir quel fut le socle d'une identité castillane et le ciment d'un imaginaire espagnol.

« Dans un village de La Mancha dont je ne veux pas me rappeler le nom, vivait, il n'y a pas si longtemps, un hidalgo, de ceux qui ont lance au râtelier, rondache antique, rosse étique et lévrier de chasse. »

Ainsi commence le roman de Cervantes qui décrit un paysage. Un paysage mental et physique que l'on croit voir encore de nos jours, plaine fauve et castels que le temps érode, laissant les pierres s'effriter. On y devine la campagne alentour, les champs au printemps, le peuple dont on partage la vie et les saisons, les maigres repas, bouts de pain frottés d'ail ou trempés dans le vinaigre et arrosés d'huile, œufs et morceau de lard, rondelles d'oignon, soupe froide allongée d'eau. On entend encore le bruit des écuries, les ébrouements des chevaux et le claquement des sabots sur la cour pavée de cailloux comme des armes qui s'entrechoquent. On distingue dans l'ombre les portraits d'ancêtres, de celui qui obtint la parcelle et que suivaient des chiens efflanqués. Et tout l'univers alentour : compagnies de perdreaux, cailles dans les chaumes, chapelle contiguë à la gentilhommière.

Le Quichotte est l'autre face de l'hidalgo du Greco. Il est sa version pitoyable, burlesque et décharnée, son prolongement, dans un absurde de situation où il pourrait basculer si ne le retenait son tragique orgueil. Considérez-les tous les deux. Droits comme des I, de cette rectitude qu'il faut que rien n'ébranle sous peine de se voir plonger dans un désarroi d'humiliation. Le Quichotte est l'hidalgo désarticulé, rossé, moqué. Il se redéploie, impavide comme un jouet mécanique dont la seule fonction est de se redresser. Se tenir droit, voilà l'objectif ultime.

Si l'on a cru que le portrait du Caballero représentait Miguel de Cervantes, c'est bien dans un secret désir d'établir une corrélation qui saute aux yeux. Il est possible que le peintre et l'écrivain se soient rencontrés. Peu après son mariage, Cervantes s'installa à Esquivias, près de Tolède, et y resta deux ans. Mais il est improbable que l'état impécunieux dans lequel il fut plongé toute sa vie lui ait permis de commander un portrait à un peintre qui bataillait bec et ongles pour des rétributions conséquentes.

Cervantes était né à Alcalá de Henares, où il semble que le moindre commerce ne puisse survivre sans son grand homme. Tout est Quichotte là-bas, du rond-point à l'hôtel, du restaurant au centre culturel.

J'étais passé à Alcalá de Henares avec Veilletet. Cet été-là, en 1986, nous avions voulu visiter les villes de La Mancha les plus célèbres. J'en garde un souvenir confus. Veilletet n'était plus le même. Il venait de publier son premier livre, transformant son statut de journaliste talentueux en écrivain. Ce qui au fond le taraudait. Il en était heureux et fier mais s'efforçait de ne rien en laisser paraître. On devinait que, secrètement, l'éditorialiste guerroyait contre le romancier. D'autant que le désir d'écrire, dans son cas, se traduisait par la peur de s'y colleter, par l'angoisse de ne pas être à la hauteur et, surtout, par la terreur d'une inspiration défaillante. Combien de fois m'avait-il dit : « Tout faire, exercer n'importe quel métier sauf celui de journaliste pour ne pas risquer d'éteindre sa vocation… » Ce n'était pas un paradoxe à ses yeux, mais le constat empirique que les occasions d'écrire ne se valaient pas et que, pour tenir sur une longue distance, il fallait ajouter à la volonté la frustration de n'avoir pu s'y consacrer tout à fait.

Sur l'art de manier les phrases, sur les mots dont il usait avec une stupéfiante virtuosité, il pouvait être intarissable sans faire la moindre allusion à son expérience. Il n'empêche : sa langue d'auteur, cette voix d'écrivain dont les critiques avaient bien voulu reconnaître qu'elle signait un talent propre le faisait souffrir. C'était son rêve et son cauchemar. Il voulait écrire des livres et ne le voulait plus. Il voulait être reconnu et redoutait de décevoir. Il savait et refusait de savoir. Se lancer dans un roman, c'était se risquer sur un terrain où l'on est nu et vulnérable. Où l'on a mal, où l'on défriche un sol qui se dérobe sans cesse. Il n'en parlait jamais de manière directe, mais cela ne le quittait pas. Dans ces échappées vers le sud, durant lesquelles il cherchait une quiétude et des havres qui le protégeaient de ses démons, il allait vers des interlocuteurs propres à le rassurer, des hommes plus âgés qui appréciaient son talent de bretteur, son acuité mordante, sa drôlerie et l'élégance de son écriture. Ils l'avaient connu à ses débuts et lui étaient restés fidèles, même quand la vie espaça les retrouvailles, que ses apparitions se firent furtives, et que mon tour arriva où l'on me demandait : « Mais que devient-il ? Pourquoi ne le voit-on plus ? »

Quand je lui en faisais part, il haussait les épaules ou éludait d'une pirouette. Il ne voulait pas que je devine combien il avait peur de croiser ses aînés vieillissants, les calvities qui gagnaient, les beautés qui fanaient. Il choisissait de tourner la tête, comme si éviter le visage des autres lui épargnait de regarder le sien. Les séjours en Espagne avec moi le ramenaient à une source dont j'ignorais tout et qui avait sur lui un effet de jouvence. Invariablement, il étudiait l'architecture des villes que nous allions visiter, resservait sa leçon sans avouer qu'il venait de l'apprendre.

Alcalá de Henares était une ville triste et assoupie, pleurant son faste révolu et ses lumières pâlies par la trop grande proximité de Madrid dont peu à peu elle devenait une banlieue. Les trains y déversaient chaque soir ses habitants revenus de la capitale. Il restait toutefois assez de traces de ses heures de gloire universitaire et de sa richesse évanouie pour lui conférer, comme à la plupart de ces anciennes places de Castille, un maintien austère qui me plaisait davantage que les arabesques des villes andalouses. La poussière qui s'élevait au moindre coup de vent rappelait le sablier du temps. La couleur des murs s'accordait aux crépuscules de la plaine qui s'étendait au-delà de fortifications désormais inutiles et débordées par un urbanisme de dortoir.

Je pensais à tout cela en marchant vers le quartier de Salamanca où m'attendait un deuxième rendez-vous. Le barrio de Salamanca est un coin de Madrid paisible et chic, proche des ambassades. On y croise des moineaux et des arbres solennels.

4. Le prêtre du barrio de Salamanca

Dans cette enclave éloignée de l'effervescence de la place Santa Ana, vit le curé de la paroisse Saint-Louis-des-Français. Le matin fait oublier la chaleur poisseuse de la veille. Les ombres des branches aux feuilles vernissées filtrent la lumière dans les jardins cossus sous la garde de caméras minuscules. Peu de bars sinon des cafés grands comme des boîtes à chaussures au coin de rues rangées en quadrilatère. L'impression reposante d'arriver soudain dans une autre cité, parfaitement tracée, qui ne connaîtrait pas les va-et-vient des taxis, les six voies que l'on traverse en deux fois, les norias automobiles autour des ronds-points, ni les places bondées. L'église est une construction moderne et basse, difficile à repérer avant de se casser le nez sur les horaires de messe affichés dans une minuscule niche sous laquelle sont mentionnées les indications adéquates : « Sonnez deux fois pour le presbytère. »

Le père Patrick Royannais vit son apostolat dans un pays où, certifie-t-il, il est arrivé sans le demander et sans parler castillan. Tout au moins manifestait-il déjà un intérêt assez important au sujet du Greco pour lui consacrer un ouvrage : *La Peinture de l'impossible.* C'est un homme jeune, à la figure ronde et aux idées tranchées.

Drôle par ailleurs et même caustique si ce terme-là peut convenir aux propos d'un serviteur du Seigneur.

Il m'accueille dans une vaste pièce fraîche, m'invite à m'asseoir face à lui devant une table épaisse et nue comme les murs où seul un crucifix est accroché.

« Que voulez-vous, on sait peu de choses de la vie du Greco. Pas assez intéressant : ce n'est pas le Caravage. Il n'a tué personne. Aucune raison d'imaginer qu'il ait été homosexuel. Tout est mystère. Rien que son nom. Lui ne l'a jamais utilisé, jamais signé ainsi, jamais rapporté dans une correspondance. Sans compter qu'*el* est un article espagnol et *greco* un adjectif italien. Ce devrait être "Il Greco" ou "El Griego". Le premier à en parler et à le nommer ainsi est Pacheco, peintre sévillan qui a formé Vélasquez et veillé sur lui. Il rend visite au Greco à Tolède vers 1610, quelques années seulement avant la mort de ce dernier, peut-être intrigué par ce solitaire. Mais on ne sait si ce nom du Greco est un sobriquet dédaigneux ou une manière commune de le désigner. C'est un père célibataire qui n'a jamais été inquiété tout au long d'une époque frileuse sur le plan des mœurs.

– Pourtant Tolède lui a confié les plus grandes représentations de la foi catholique…

– Certes. Mais personne ne peut jurer de quelle religion il se réclamait, alors qu'il était né dans une île où prédominait la foi orthodoxe. Probablement était-il catholique parce que c'était plus prudent, encore que rien ne l'indique. Quant à la peinture religieuse, il la faisait parce que c'est elle qui se vendait. Or, pour quelqu'un en perpétuelle recherche d'argent, qui a d'ailleurs fini ruiné, c'était l'unique planche de salut et la seule façon de survivre. Ajoutez à cela qu'il utilisait les pigments les plus recherchés, les plus rares, les plus précieux, donc les plus chers, qu'il ne pouvait peindre sans se faire accompagner de musiciens, ce qui devait lui coûter les yeux de la tête, et vous aurez une idée de l'individu. La seule certitude, c'est qu'il s'agit d'un artiste immense, au moins parce que, dès son tableau du *Martyre de saint Maurice* commandé par Philippe II, il bouleverse les codes en usage de son temps et n'en démord pas. Il sait comment il veut peindre et il s'y tiendra.

– Et le *Caballero* alors ?

– Le Greco possédait un bagage technique pictural peu fréquent en Espagne quand il s'agissait de réaliser les portraits. Ses œuvres italiennes étaient connues. Mais surtout le Greco arrive à une époque qui voit émerger une nouvelle population, une sorte de bourgeoisie enrichie, des marranes, ces récents convertis qui veulent fournir la preuve de leur soumission à l'Église. Un monde est en train de naître qu'il fréquente et connaît. Il y a donc désormais une place pour un peintre qui n'est pas agréé par la Cour et d'autres sujets possibles que les seules représentations religieuses, même si celles-ci seront ses plus nombreuses commandes. Les portraits feront désormais partie de sa panoplie. Si l'on ne connaît pas l'identité du *Chevalier à la main sur la poitrine*, c'est justement parce qu'il ne compte pas parmi les grands dont on sait les noms plusieurs siècles après. On en est donc réduit à des suppositions. Un noble certainement, membre d'une confrérie, mais éloigné de la Cour… »

Le père Royannais n'est pas non plus enclin à se pencher sur la vie supposée du noble mystérieux de Tolède. Il lui préfère trois tableaux qui, selon lui, permettent de cerner d'un peu plus près la vie du Greco. *Les Marchands chassés du temple*, où l'on peut voir, en bas de la toile, les portraits de ses maîtres ; *La Résurrection*, où le Christ, comme une flamme, sort, non du tombeau, mais du groupe des soldats romains ; et, surtout, le *Laocoon*, seule œuvre mythologique et perpétuel mystère des corps torturés où la cité de Tolède est utilisée comme fond troyen. Cette dualité passionne Patrick Royannais et lui donne l'enthousiasme d'un enfant. Ce sont moins les zones d'ombre qui cernent la vie du Greco que la secrète démarche qui guida sa réflexion artistique et ses interrogations métaphysiques qui l'intéressent.

« "Ils ont des yeux et ne voient pas", disait le prophète. Greco laissait des notes en marge des pages de ses livres préférés, poursuit le père Royannais. Celui de Vitruve, *De architectura*, livre exhumé à la Renaissance, que tout artiste digne de ce nom connaissait par cœur pour l'édification des retables aux proportions considérables. L'autre était le livre de Vasari, *Les Vies des meilleurs peintres, sculpteurs et architectes,* ouvrage écrit vers 1560, qu'il avait certainement apporté d'Italie. »

Le Greco y glissait ses impressions professionnelles, ses réflexions parfois très éloignées de la simple annotation d'un texte. De fait, à les lire, on est stupéfait : « La peinture traite de l'impossible » ; « Le peintre se perfectionne en mourant » ; « La perfection du jour, c'est la nuit ». De qui sont ces phrases ? D'un mystique proche de saint Jean de la Croix, d'un contemporain de sainte Thérèse d'Ávila, d'un philosophe qui choisit comme sujet le religieux ? D'un chercheur et théoricien qui cultive le paradoxe et se fait comprendre à travers les locutions christiques ? Ou d'un homme qui met toute son énergie à peindre en évitant la perfection car il pense qu'elle n'est qu'un mensonge qui détourne du sens et cache ce qu'elle ne sait pas dire ?

Pour le père Royannais, ce Greco peu catholique, au moins pour la règle rigoureuse de son temps, plus proche de Thérèse d'Ávila et de Jean de la Croix, ne cesse d'explorer la quête personnelle de la foi. Voilà qui laisse peu de place aux interrogations à propos du chevalier au pourpoint noir. Je l'ai remercié et suis reparti par les avenues calmes que le soleil tranche maintenant en deux. Je me suis réfugié au cœur du vieux Madrid, dans la Cervecería Alemania. Tout est vénérable dans l'antique brasserie de la place Santa Ana. Les chaises, les tables et les serveurs.

J'ai relu mes notes, réécouté la belle voix de Leticia Ruiz et celle plus ferme du père Royannais. J'ai préféré ne pas m'aventurer dans les questions contradictoires et réserver à plus tard l'examen de la notice de l'exposition. Il est vrai que l'élu de la conservatrice du Prado, ce Juan de Silva marquis de Montemayor, ne me fait guère rêver. Un notaire, quand bien même serait-il administrateur du royaume et commandant de la forteresse de l'Alcazar, n'a rien de romanesque. Le plus curieux demeure que, selon l'identité que je lui imagine, celle d'un notable local ou d'un aventurier, le même portrait me renvoie deux images différentes : soit il me paraît pénétré de son importance, fat, trop heureux de se voir figurer à l'identique des grands du royaume grâce à ses ducats ; soit je lui trouve une duplicité supposée qui m'enchante, une ironie de félon, une revanche de mutilé, capable de changer sa fortune, ne reculant devant aucune posture pour assurer de son allégeance, mais droit comme une épée et dépositaire de tant de secrets qu'il ne peut confier sa vie qu'à Dieu.

III. MADRID, PASEO MARQUÉS DE ZAFRA

1. Le juif, les arènes et le roi

Le Paseo Marqués de Zafra est beaucoup moins impressionnant que ne le laisse imaginer son appellation. Il a dû être désigné ainsi pour le différencier de la rue du même nom, à quelques blocs de là. C'est une artère somme toute banale, proche des arènes de Las Ventas, ce qui explique l'abondance de photos taurines même dans les bars dont on devine très rapidement que leurs passions ne sont plus consacrées qu'au football, ou, pour être plus précis, à l'adoration exclusive du Real de Madrid.

« Zidane aimait venir ici. » C'est le patron du Champi qui l'affirme. Le Champi est un bar d'une seule pièce, tout en longueur, dans lequel une télévision passe en boucle les chaînes de sport et d'information. Aux murs sont punaisés les calendriers de toutes les équipes du quartier, tandis que trône derrière le comptoir la photo du Real. Être français n'est rien. Se déclarer compatriote de Zidane devient considérable. On en oublie les deux ou trois cadres en noir et blanc du triomphe historique d'Antoñete en 1966, face à Atrevido, un *toro* blanc d'Osborne. À l'époque, l'événement connut un retentissement inimaginable.

Quand le patron du Champi signale que Zidane aimait venir souvent « ici », il parle naturellement du *barrio* et non de son établissement. Si tel avait été le cas, c'est toute la décoration qui s'en serait trouvée modifiée, emportée par l'honneur qui aurait rejailli sur le propriétaire, son épouse, les serveurs et toute leur descendance, balayant les souvenirs photographiques, à commencer par la vieille photo d'Antoñete.

La rue d'Alcalá est à deux pas, rue ancienne que l'on retrouve dans toutes les chroniques madrilènes, taurines ou autres, où l'on voyait les picadors passer à cheval et les calèches arriver, transportant les toreros aux *monteras* grandes et allongées, détail qui, plus sûrement qu'une annotation, date le cliché des débuts du XXe siècle. Il est même étrange que les arènes soient à la fois tellement proches et aujourd'hui si éloignées de l'univers du quartier. J'avais découvert Las Ventas, la plus importante des *plazas* au monde, bien avant de m'y rendre. Je ne les ai réellement vues que dans les années 1980, tout au bord de l'autoroute qui passe au cœur de Madrid, avec leurs grands murs de briques rouges teintées de gris, leurs arcs tarabiscotés, les arcades en plein cintre, la haute porte morisque aux mosaïques bleues.

Autrefois, je ne les connaissais qu'en noir et blanc, sur les photos des triomphes des toreros de l'ère franquiste, que publiait la revue *Toros*. Celui qui en était le responsable alors, don Stuyck, m'impressionnait. Son seul nom faisait penser aux lourdes voitures américaines, synonymes de richesse et de réussite, dans lesquelles roulaient les toreros vedettes, aux roues chromées, aux capots qui n'en finissaient pas, aux bouchons de radiateur en forme d'avion. Je l'imaginais, potentat au ventre lourd, aux lunettes teintées, aux tempes rasées, fumant un cigare, affalé dans un fauteuil de son bureau de Las Ventas. D'un mot, il décidait de la gloire ou de l'infortune d'un de ces gavroches taurins qui rêvaient du destin d'El Cordobés.

Stuyck, qui avait inventé la feria de San Isidro aux lendemains de la Seconde Guerre mondiale et qui la dirigea d'une main de fer jusqu'à sa mort, a aujourd'hui son buste de pierre dans le *patio de caballos*, entouré de la grande rumeur de Madrid, devant une petite maison bordée d'une treille, incongrue dans ce décor et qui a la modestie d'une habitation de campagne.

Comment aurais-je pu supposer que je pénétrerais un jour dans son bureau ? Il a fallu pour cela qu'un Français devienne à son tour le directeur de Las Ventas, et que je me trouve à Madrid à l'occasion d'une enquête bien éloignée des choses de l'arène, pour que cela puisse se produire. Cet homme, Simon Casas, est un ancien torero, dont les ancêtres séfarades avaient été expulsés de Tolède, la ville du Greco, au XVIe siècle. Cinq siècles après, les hasards de l'existence l'avaient fait naître à Nîmes, et son énergie, grimper tous les échelons jusqu'au sommet du monde taurin.

Ainsi j'avais connu ce sanctuaire grâce à lui, lors de la San Isidro. Il m'avait offert un laissez-passer que tous les aficionados du monde envient et m'avait invité à le retrouver avant la corrida. Je le voyais occuper les lieux avec une désinvolture même pas feinte, œil ardent, conscient de ce qu'il représentait, capable à son tour de faire ou de défaire des vocations.

Ce jour-là d'un mois de mai 2017, il y avait avec lui Curro Vázquez, l'un des toreros les plus suaves et les plus classiques des années 1970, et Roberto Piles, son homme de confiance. Simon téléphonait. Quelqu'un entra avec un chien.

Il s'interrompit.

« Voilà le chien, dit-il.

– Tu as un chien ?

– Non, c'est le chien du roi. Le roi préfère venir pisser ici, avant la corrida. Alors ils font d'abord passer un chien renifleur. Ce sont les consignes de sécurité. Je suis désolé mais tu vas être obligé de sortir un instant. Je vais l'accueillir… »

Il dit cela avec un tel naturel que si dans l'entrée ne s'étaient pas profilés la haute silhouette empâtée et le nez bourbonien de Juan Carlos, je ne l'aurais pas cru.

Simon Casas, fils de juifs chassés d'Espagne par les rois catholiques, accueillait le descendant de Philippe II qui souhaitait soulager sa royale vessie dans les toilettes privées du directeur des arènes de Madrid.

2. Les deux Juan de Silva

Si je traîne au Champi, remâchant mes souvenirs taurins, m'efforçant de suivre le patron lancé dans son panégyrique de Zinedine Zidane, c'est parce que je dois me rendre dans un restaurant italien tout proche. J'y ai rendez-vous avec Fernando Marías, commissaire de l'exposition de Tolède, cette monumentale entreprise qui a rassemblé dans la ville du peintre ses toiles les plus importantes à l'occasion de la commémoration de 2014. S'il en a été l'artisan, il doit connaître l'auteur de la fiche de renseignement que j'ai photographiée et qui a décidé de ma recherche labyrinthique :

> *« El caballero de la mano en el pecho », vers 1580. Pourrait être le comte de Portalegre, Juan de Silva. [...] Ces éléments, davantage que l'âge apparent du modèle, laissent supposer qu'il s'agit du quatrième comte de Portalegre, Juan de Silva y Silveira, surnommé le Manchot ou le Mutilé, soldat à Oran, où il fut accusé de trahison, ce qui explique ce serment de fidélité, plus tard ambassadeur au Portugal et blessé à la bataille d'Alcazarquivir, fait prisonnier par les Maures et réduit en esclavage jusqu'en 1579, ayant perdu l'usage du bras gauche lors d'une « arquebusade » le laissant impotent durant de nombreux mois, puis, après être passé dans les mains de chirurgiens, infirme et manchot.*

Comme Leticia Ruiz, Fernando Marías est un puits de connaissances. On ne compte plus les ouvrages qu'il a rédigés sur le sujet, dont un conséquent *Le Greco, un peintre extravagant*. Il fait par ailleurs partie d'une sorte d'aristocratie bienveillante du monde intellectuel madrilène. Son père, Julian Marías, fut l'élève, le disciple et le fils spirituel du philosophe José Ortega y Gasset. Persécuté par le régime franquiste, dénoncé par son meilleur ami à la Phalange comme sympathisant communiste après la guerre civile, il fut empêché de terminer sa thèse. Plus tard, on le priva de la chaire qu'il méritait au point qu'il s'exila à Paris puis aux États-Unis, où il devint professeur à Boston et à Yale. Il y fut accueilli par le poète Jorge Guillén, dont le voisin, professeur au même collège, était Vladimir Nabokov. Ses fils, alors enfants, suivirent, ce qui explique que l'ensemble de la tribu Marías soit polyglotte et que, des années plus tard, Fernando soit lui aussi devenu professeur à Harvard. Par ailleurs, son frère Javier est l'un des plus grands écrivains contemporains. Ses romans en forme de dédale semblent être la métaphore de la vie même et des chausse-trappes qu'elle nous tend. Sa mère, Dolorès Franco Manera, était écrivaine et professeure. Son oncle Jesús Franco Manera est cinéaste, tout comme son cousin Ricardo Franco Rubio. Comment ne pas s'incliner devant une telle généalogie et ne pas attendre le tête-à-tête sans une pointe d'anxiété ?

À force de m'assurer que le restaurant italien, le Piu de Rama, était bien le bon, j'ai fini par être en retard. Fernando Marías est là quand j'arrive, conforme aux photos que j'ai vues de lui en tapant dans le premier moteur de recherche. Il est assis dans un fauteuil de l'entrée, certainement occupé à chercher lui aussi ma photo pour savoir à quoi je ressemble.

C'est un homme de petite taille, robuste et vif à la fois, avec un air pétillant qui le rend immédiatement sympathique, n'était le regard qui vous vrille. Mais le plus confondant chez lui tient à une coquetterie – à moins qu'il ne s'agisse d'un mimétisme inconscient propre à interroger sur la puissance des passions qui nous animent : Fernando Marías cultive une ressemblance étonnante avec les hidalgos du XVIe siècle. Même barbe pointue et courte, même moustache soigneusement taillée, même port vertical lui donnant une allure altière, si bien qu'on l'imagine en habit noir, fraise autour du cou, sorti tout droit d'une de ces peintures qui l'occupent sans cesse et auxquelles il a consacré sa vie.

Le temps de nous installer à une table, au fond du restaurant, de choisir un Noemus Joven 2009, il se lance, usant naturellement du tutoiement espagnol, et on arrive assez facilement à oublier la sommité qu'il représente et son pedigree impressionnant tant il s'anime dès qu'il parle de son peintre.

« Vois-tu, je suis fasciné par le contrôle perpétuel de la lumière que maîtrisait le Greco si bien qu'il conduit le spectateur à se mouvoir autour de ses toiles. Le Greco oblige à changer de point de vue, donc de vision, ce qui en fait un des artistes les plus inconfortables de l'histoire.

Cela explique aussi que son pouvoir de fascination perdure depuis des siècles. »

À peine Fernando Marías modère-t-il son propos quand nous en venons à l'affaire qui me préoccupe. Le mystère de l'hidalgo. Pour lui, le Caballero n'est pas le don Juan de Silva marquis de Montemayor dont m'a parlé Leticia Ruiz, mais don Juan de Silva comte de Portalegre.

Car c'est lui, Fernando Marías, qui a rédigé la fiche du tableau installé à Tolède, contredisant la thèse de la conservatrice du Prado, si bien que cette minuscule querelle, ce détail dans l'histoire du XVIe siècle qui, normalement, devrait être balayé par le temps, demeure comme un désagréable petit caillou au fond d'une chaussure. Il est vrai qu'il n'est pas si courant que la même toile, selon qu'elle soit accrochée aux cimaises du musée de la capitale ou sur les murs de Santa Cruz, à Tolède, évoque un modèle différent. Que, passant des mains de Leticia Ruiz à celles de Fernando Marías, la vie de l'hidalgo ne soit plus la même, ce qui en fait un cas unique dans l'histoire des expositions.

D'évidence, Fernando Marías préfère un destin à un autre, ce qui me met en joie, d'autant que, peu à peu, je prends la mesure de la sinueuse existence de son Juan de Silva comte de Portalegre. Mais pour arriver jusqu'à lui, il faut en passer par le portrait ou plutôt y revenir. Il est comme une fenêtre sur celui que je cherche.

« Comment en est-on venu à cette conclusion ? Comment en es-tu arrivé à te persuader qu'il s'agit du comte de Portalegre, espion, aventurier, noble et militaire, au lieu du marquis de Montemayor, bureaucrate tolédan ?

– J'ai mis longtemps à m'en persuader avant que plusieurs indices me mettent sur la voie. Tout cela a commencé par une invraisemblable histoire. Voilà un peu plus de vingt ans, il s'est agi de restaurer la toile. Tu imagines le luxe de précautions avec lequel cela a pu être effectué. Ce qui n'a pas empêché un conflit sauvage de naître. Pire, une tourmente qui n'a trouvé son épilogue qu'aux Cortés, le parlement espagnol, comme si en France une bataille d'experts avait gonflé au-delà des murs du Louvre pour être tranchée sur les bancs de l'Assemblée nationale… »

Fernando Marías, en maître du suspense, s'interrompt à plusieurs reprises, baisse la voix que recouvre alors la musique de fond du restaurant italien cher à Zinedine Zidane.

La réfection de la toile mit en péril la probité et l'exemplaire carrière de Rafael Alonso, un des plus grands connaisseurs de la peinture de la Renaissance et du XVIe siècle espagnol, accusé d'incompétence et même d'assassinat par un député de l'Izquierda Unida, proche du parti communiste. Mais qui Rafael Alonso, restaurateur en chef du musée du Prado – entre les mains duquel plus de soixante tableaux des deux cents Greco authentifiés dans le monde étaient passés – avait-il pu trucider ? L'accusation parlait du *Caballero*. Le crime ? Avoir fait disparaître le fond noir qui depuis des décennies conférait, croyait-on, sa marque originelle au portrait. Autrefois, le personnage surgissait de cette nuit comme une apparition, un commandeur venu demander à l'Espagne du siècle présent ce qu'elle avait fait de son orgueil et de sa puissance. Ce fantôme était une construction. Rafael Alonso alla de surprise en surprise à mesure qu'il avançait dans sa tâche. L'obscurité qui entourait la pâle figure était un ajout, peint lors des années où l'on ne trouve plus trace du tableau avant qu'il ne réapparaisse dans la collection royale de Philippe V. Mieux, la toile avait été agrandie pour masquer les apports de la peinture lugubre ; à l'origine, les jaunes de la collerette et ceux de la garde de l'épée avaient des dégradés plus importants et les gris du col et du poignet, des teintes plus nuancées que l'habit de deuil uniforme dont on l'avait paré, comme si l'hidalgo au nom incertain devait porter le chagrin de l'Espagne et de ses empires défunts.

Pour finir, la signature du Greco avait été falsifiée, des années après sa mort, pour inscrire maladroitement et en lettres capitales le nom de Dhomínikos Theotokópoulos.

Il fallut un collège d'experts et deux années de débats pour mettre Rafael Alonso hors de portée de la fureur du député communiste qui ne supportait pas de voir s'effacer l'image de la *hidalguía* funèbre.

Le jury rendit son honneur au restaurateur. Le Prado prit acte des observations et le *Caballero*, aujourd'hui plus conforme à ce qu'avait peint le Greco quatre siècles auparavant, reprit sa place dans cette salle où arrivent des grappes de touristes qui suivent leur guide, pour une demi-journée de visite. Après quoi, ils repartent, laissant le Chevalier à sa garde muette…

La polémique finit par s'éteindre. Manuel Alcaraz, le député indigné, consacra son énergie à la défense du valencien comme dialecte autonome, ce qui l'occupa à plein temps et le détourna des musées. Mais ce qui apparut alors distinctement dans le tableau restauré par Rafael Alonso était fascinant. Le fond, d'un gris très légèrement rosé, mettait en valeur le buste de l'hidalgo et l'on percevait désormais l'étrange distorsion de l'épaule.

« Cela nous a permis de mieux cerner la personnalité du commanditaire du portrait, précise Fernando Marías. La restauration lui a ôté le caractère sinistre qui lui conférait le statut de commandeur d'un siècle rigide, obscur et inquisitorial. Il est manchot ou plus exactement invalide. Sa main gauche ne peut se poser sur le pommeau de l'épée comme on aurait pu s'y attendre mais pend le long de son corps pour empoigner la lame. Voilà qui désigne, avec beaucoup de certitude, un aristocrate connu, intriguant à la Cour aux alentours de 1580, que le roi avait chargé d'une mission : suivre les évolutions de la couronne du Portugal, royaume que Philippe II guignait et dont il a fini par s'emparer… »

Nous avons terminé nos *saltimboccas alla romana* puis siroté notre café. Intarissable sur ce peintre étrange, Fernando Marías a continué à deviser. Moi, j'imaginais ce qu'avait pu être la vie d'un diplomate, militaire et espion, mutilé, au service du roi le plus puissant du monde qui rêvait de contrôler l'ensemble des âmes et terres existantes.

J'ai quitté Fernando sur le trottoir. Il m'a promis de m'envoyer le texte qui avait servi à rédiger la fiche pour l'exposition de Tolède et m'a encouragé à recomposer l'existence de Juan de Silva comte de Portalegre. Puis il s'est éloigné, silhouette fière et tête haute.

3. Madrid contre Madrid

J'ai passé une nuit agitée. Mauvais sommeil entrecoupé de rêves et d'insomnies. Mon hôtel était confortable mais ma chambre, située devant l'ascenseur dont l'ouverture des portes et le tintement répétitif me donnaient l'impression de dormir sur le palier. Sans compter la musique qui tour à tour me berçait et me réveillait. J'ai pris de quoi fermer les yeux, ai fini par sombrer dans un sommeil cataleptique où Veilletet m'a rendu visite. Il sortait de l'ascenseur en compagnie de Leticia Ruiz, qui s'envolait, tel un papillon. Il était vêtu d'un costume écossais au rouge scintillant. Je lui reprochais sa tenue, mal adaptée à notre virée, et il me regardait en riant avant de me tourner le dos. Après quoi, je me retrouvais devant un taureau de combat, dans une prairie où je sentais derrière moi la présence de mon ami. Je voulais le protéger mais, en me retournant, je constatais qu'il avait disparu. Le taureau aussi. Sur un grand panneau au sommet de la colline, je pouvais lire une inscription qui, de toute évidence, m'était destinée : « Il vous soulage mais ce n'est qu'un rideau… »

Au réveil, j'ai remâché cette phrase sans y trouver grand-chose à interpréter. Je me suis levé. Est-ce l'apparition de la nuit qui a guidé mes pas vers le Café Gijón dont le *camarero* a l'air blasé des serveurs qui ont vu trop de tables et trop de passage ? Il sait ce que vaut un début de journée. Sans se tromper, il peut servir avant même que vous ayez exprimé le moindre souhait, tant il est habitué à deviner les commandes en fonction de l'heure. Il sait qu'un client solitaire, en milieu de matinée, ne prendra qu'un café, à moins qu'il ne pressente l'étranger hésitant à qui il faut demander ce qu'il désire. Il a revêtu son uniforme : une veste blanche aux épaulettes rouges qui lui donne un air d'officier de marine que son navire aurait laissé à quai.

Veilletet m'avait amené ici, la première fois que nous nous étions arrêtés à Madrid. Il avait connu le bar, lors de la lente agonie de Franco, rempli de notables politiques aux longs conciliabules, de vieux écrivains partagés entre inquiétudes et espoirs en une transition pacifique. Le Café Gijón, *paseo* de Recoletos, était le lieu de rendez-vous des journalistes groupés autour de François Pelou, alors directeur de l'AFP et enquêteur le mieux informé. Il connaissait les bulletins médicaux secrets, les transactions entre l'entourage du futur roi et les démocrates centristes, les manigances des ministres affiliés à l'Opus Dei, et la vieille garde franquiste qui ne voulait pas rompre. Madrid avait encore ses allures de vieux monde et le Café Gijón, avec ses boiseries de miel brun et ses tables séculaires parfaitement cirées, permettait de contempler le temps sous cloche.

Veilletet aimait cet endroit. Quand nous passions à Madrid, il venait s'asseoir à une table, écrivait ou lisait. On s'y retrouvait. Il laissait son carnet de moleskine noir, se lançait dans des récits extravagants à mesure que l'heure passait. « Vous ne me croyez pas ? Je vous jure ! » affirmait-il en posant fugitivement sa main sur le cœur. Puis il la levait comme pour un serment. Il n'inventait pas toujours, rapportant des histoires véritables qu'il venait d'entendre et qu'il arrangeait à sa manière. Forcément, cette recherche me ramenait à lui et ravivait nos souvenirs communs, parmi lesquels ce jour où il m'avait certifié que la clef du *Caballero* était l'Escorial. Non pas à l'Escorial. Mais l'Escorial, juste à l'ouest, dans la sierra dominant cette capitale que je ne reconnaissais plus tout à fait.

Le Madrid où nous faisions halte avait changé par petites touches, effaçant ici un marché, ravalant ailleurs des immeubles, modifiant l'essence d'une place jusqu'alors paisible, devenue, à cause de son charme, un rendez-vous obligé lors d'une visite de la capitale. Des bars perdaient leurs vieux clients, qui restaient debout, accoudés au comptoir. Ils étaient remplacés par des groupes de passage, s'asseyant à une table pour avaler un expresso et surtout s'immortaliser dans un selfie envoyé aussitôt sur Instagram.

Le Café Gijón est désormais la frontière de ces deux Madrid. Jusqu'à la *plaza* Colon, c'est la ville des quartiers d'affaires, celle de la Castellana où débouchent à angle droit des rues rectilignes bordées de boutiques de luxe, où l'on croise encore de jeunes hommes, cravate club et blazer, rasés de frais et gominés. Derrière, les venelles en pente de Chueca et de Malasana débouchent directement sur la grande épine dorsale de l'artère routière de la capitale. Il ne reste rien de la frénésie des quartiers d'autrefois. Les habitants sont morts ou vieux, ou partis. Les pauvres aussi. Le début des années 2000 a vu le prix des loyers exploser. Les offres pour acheter les appartements vétustes ont eu raison des quelques propriétaires qui restaient encore. Les petites épiceries ont fermé. Les bars ont été rénovés. D'autres locataires sont arrivés, oreilles percées, peaux tatouées, dociles aux recommandations du nouveau monde et des universités américaines, dédaigneux de l'Europe, haïssant le passé et affichant leur dégoût pour les pratiques de leur vieille nation. Rarement une ville n'a donné de façon aussi visible l'image de sa fracture idéologique et culturelle. Et tout cela, en quelques mètres devant les vitres et le marbre du vénérable Café Gijón. Veilletet ne supportait plus son époque, qui elle-même ne l'aimait plus.

Le Café Gijón est presque vide maintenant et curieusement silencieux. C'est l'heure imprécise où l'Espagne hésite entre le dernier petit noir de la matinée et la première *caña*, cette bière blonde versée dans un verre bas et rond. Le serveur aux joues fatiguées use des astuces de son métier. Il m'a apporté deux minuscules toasts, un pain de mie fromage et jambon, de ceux qu'il sert normalement au bar, de façon à me faire comprendre de la manière la plus discrète possible que désormais les tables sont destinées à un autre usage, que le moment n'est plus aux petits déjeuners de travail, bruyants et animés, qui s'achevaient quand je suis rentré. Pour mieux accompagner son message silencieux, il veille à m'entourer de tables dressées à doubles nappes croisées. Je ressemble bientôt à un assiégé, seul point noir au milieu de draps blancs. On ne peut résister à une offensive muette, lente et déterminée.

IV. LE CHEMIN DU PORTUGAL

1. Juan de Silva, comte de Portalegre

Les conseils de Fernando Marías ont du bon, encore que reconstituer l'existence du comte de Portalegre revient à assembler un puzzle aux pièces manquantes. Le concernant, hormis une étude savante dans un ouvrage d'universitaires sur la cour de Philippe II, il n'existe pas de biographie véritable, mais des témoignages contradictoires, des thèses fantasques, des notules sur sa vie portugaise. Selon les époques, il apparaît puis disparaît. Change d'apparence, de caractère en raison des coteries auxquelles il est rattaché dans ce XVIe siècle où les intrigues de cour sont légion, où l'on ne fait pas carrière seul mais en groupe. À mesure que j'avance, que je découvre des pans de son existence, que je l'imagine et le construis, il devient vivant. Il s'anime et paraît identique à nous autres, avec nos pauvres ambitions, nos grandes espérances et les saisons qui passent.

Toute sa vie, il s'efforça d'accéder à ce qui devait lui paraître le saint des saints : devenir l'un des conseillers privés de Sa Majesté. Il crut souvent y parvenir, échoua chaque fois, ne reculant devant rien, y laissant sa fortune, une partie de sa réputation et un bras.

Juan de Silva descendait d'une famille de la plus haute noblesse tolédane, aux liens familiaux entremêlés sur plusieurs générations par des mariages avec leurs équivalents portugais. Les Silva avaient été remarqués par les rois catholiques qui les avaient récompensés pour leur aide militaire et pour leur fidélité. Puis par Charles Quint, quand ils s'opposèrent au soulèvement populaire de Tolède et de Valladolid lors de la guerre des Communautés contre le pouvoir royal en 1520. Cela laisse supposer que les aïeux de Juan de Silva avaient vaillamment massacré les bourgeois de la ville qui réclamaient plus d'autonomie.

Lui-même avait hérité de toutes les qualités que confère cette ascendance. Homme de cour et lettré, ambassadeur, soldat au courage remarquable, il vit son destin basculer en 1563, lors d'une mission que lui avait confiée Philippe II et pour laquelle il considéra jusqu'à sa mort ne pas avoir été gratifié à la hauteur de son dévouement.

Tout avait parfaitement commencé pourtant. Les manigances de son père auprès de Charles Quint, l'amitié que l'épouse de l'empereur, Isabelle du Portugal, témoignait à sa mère le propulsèrent très jeune, à peine âgé de 6 ans, page de Philippe II. Une fonction plus honorifique que rentable. Son drame fut de voir sa maison s'appauvrir à mesure que les années défilaient. Après le décès de son père, il se trouva même au bord de la ruine. Il crut en sa chance quand, à 20 ans, il fut nommé « gentilhomme de bouche » de don Carlos, fils de Philippe II, héritier du royaume d'Espagne.

Sa tâche n'était pas une sinécure. D'autres avant lui l'avaient refusée en connaissance de cause. Il fallait s'occuper d'un don Carlos encore adolescent, couper sa viande à l'épée pour lui complaire, organiser ses journées, négocier ses caprices, apaiser ses emportements et supporter nuit et jour sa laideur répugnante. Le peintre Alonso Sanchez Coello fit preuve de beaucoup d'adresse pour masquer les difformités du dauphin dans le portrait qu'il laissa de lui. Il avait une tête énorme posée sur un dos bossu, un visage prognathe, des yeux exorbités, souffrait de fièvres perpétuelles. Pire, il semblait habité par le mal. Il n'aimait personne, à part son oncle don Juan d'Autriche, avec qui il avait été élevé, et sa belle-mère, Isabelle de Valois, dont il était secrètement amoureux. Colérique et incohérent, pour tout arranger, il n'avait qu'un plaisir : humilier et punir. Un jour, marchant dans la rue, il fut arrosé par inadvertance. Il ordonna qu'on mette le feu à la maison d'où venait le forfait et qu'on égorge ses habitants. Ses soldats, hésitant à lui obéir, lui dirent qu'on donnait l'extrême-onction à un mourant et qu'ils préféraient se retirer plutôt que de commettre un sacrilège. Un autre jour, recevant une paire de bottes qu'il trouvait étroites, il les fit couper en petits morceaux, cuire en ragoût et obligea le bottier à les manger. Mais le plus terrifiant demeurait la haine qu'il vouait à son père.

Contraint de se rendre à l'évidence, Philippe II ne pouvait confier à son fils les commandements civils et militaires auxquels ce dernier aspirait, et encore moins la conduite du royaume. Don Carlos rêvait d'expéditions guerrières dans les Flandres. Le roi en confia la responsabilité au duc d'Albe, ce qui déchaîna la fureur de l'héritier. Les choses empirèrent. Don Carlos prit contact avec les adversaires flamands de son père au point que le monarque finit par l'emprisonner, lui réservant le sort de son arrière-grand-mère, Jeanne la Folle, reine d'Espagne en titre mais qui n'exerça jamais son pouvoir, cloîtrée à vie sur ordre de ses parents, les rois catholiques, puis sur ceux de son fils Charles Quint.

Juan de Silva suivit le jeune don Carlos dans sa résidence surveillée. Ce fut la période la plus heureuse qu'il connut. Proche de la Cour, souvent consulté sur l'état de santé du prince, conseiller occulte en somme – lui qui avait toujours rêvé de ce rôle –, il était capable enfin, par ses gages et ses revenus réguliers, de donner à sa maison le lustre qu'elle méritait, assez libre pour servir le roi comme militaire dans les Flandres pendant quelques mois et familier de l'académie du duc d'Albe, au sein de laquelle il pouvait également se livrer à ses autres passions : la lecture, les correspondances et l'éloquence. Il voyait son avenir d'un œil neuf. Certes, don Carlos était fou, maladivement jaloux de son père contre lequel il complotait sans cesse, mais il échappait à ses divagations et le jeune prince semblait même s'attacher à lui. Hélas pour Juan de Silva, Carlos mourut peu après sa réclusion. La légende du Siècle d'or a prétendu que Philippe II l'avait fait empoisonner. Il est plus probable que le jeune homme, qui ne buvait que de l'eau glacée et ne se nourrissait que de prunes, finit par perdre la vie à la suite de ce régime. Son père, caché derrière une porte de crainte de provoquer un dernier accès de rage, vint assister à l'agonie, donna son pardon et sa bénédiction, pleurant un enfant qui jamais n'aurait pu lui succéder, soulagé de voir disparaître l'auteur de tant d'intrigues, de débauches et de scandales.

Pour Juan de Silva, tout était à refaire. Le roi manifestait une certaine méfiance à l'égard de ceux qui avaient entouré son fils pendant tant d'années. Juan de Silva, à qui il faudra bien reconnaître de sérieuses capacités de rebond et une plasticité à toute épreuve, accepta d'être expédié à Oran, l'une des possessions les plus dangereuses du royaume, à ses frais bien entendu, ce qui, à nouveau, le mit au bord de la faillite. Soldat perdu dans un fortin, seulement relié par de rares lettres à ses amis d'autrefois, obligé de se livrer à d'incessantes escarmouches contre les alliés des Turcs qui avaient infligé une grave défaite à la couronne espagnole à Djerba, Juan de Silva comptait ses jours d'exil. Quand il put enfin revenir à la Cour, il organisa son retour avec précipitation, laissant sur place les hommes qu'il commandait, ce qui lui valut d'être accusé de traîtrise, non par ses troupes, mais par la Cour et ses ministres, qui ne pensaient qu'à le discréditer. L'infamie le laissait de marbre. Il lui importait seulement de retrouver le roi et sa confiance, quel qu'en fût le prix.

2. Le roi errant

Juan de Silva, ses finances toujours mal en point, avait rejoint le cortège des courtisans qui entouraient Philippe II, entre Madrid, Aranjuez et Tolède. Il désespérait de faire reconnaître ses mérites, soucieux de sa réputation, courant toujours derrière une fonction à la hauteur de ses aspirations. Il se prêta à tous les jeux. La vie à la Cour était moins monastique que la réputation du roi l'a laissé supposer par la suite. Juan connut le rôle de soupirant qu'il fallait tenir pour conserver son rang. Les dames de compagnie d'Isabelle de Valois choisissaient des amants de cœur, amoureux dans la grande tradition des romans chevaleresques, affublés de noms ridicules où Florisande sommait Amadis de la rejoindre dans des bosquets de roses. Fallait-il se prêter à ces afféteries pour trouver grâce aux yeux du monarque qui, non content de tolérer ces fantaisies, veillait à leur parfaite exécution et en punissait les débordements ? Juan de Silva en passa par là. Il attendit trois ans, au bout desquels Philippe II songea à lui pour une expédition qui changea la donne.

Le neveu de Philippe II, Sébastien, était roi du Portugal. Cousin de don Carlos, il était lui aussi rongé par des accès de fièvre et de fureur. Mais il régnait sur un territoire indépendant dont il était le maître. Comme don Carlos, il rêvait d'aventure et d'exploits militaires, visant le Sud et les terres d'Afrique du Nord que ni l'Espagne ni le Portugal ne se résignaient à voir aux mains des musulmans. La reconquête de leurs ancêtres sur les Maures avait permis de retrouver les possessions anciennes de Rome, de l'Église et de ce royaume wisigoth qui avait régné des Pyrénées à l'Atlas. Mais l'Espagne s'était détournée de la Méditerranée quand Christophe Colomb avait mis le cap à l'ouest, en 1492, découvrant le Nouveau Monde et ses immensités vierges. Désormais, l'Atlantique ouvrait un horizon infini. Sébastien, souverain du Portugal, avait d'autres songes.

Les routes maritimes de son royaume longeaient l'Afrique, la contournaient et filaient vers l'est et les Indes. Les escales sur les côtes marocaines et mauritaniennes étaient essentielles. Sébastien ne se contentait plus de ces quelques comptoirs. Il voulait le pays tout entier et entendait le ramener à la foi chrétienne. Il avait déjà lancé une campagne vers Tanger. Philippe II avait refusé d'appuyer militairement cette expédition, mais, sous prétexte d'envoyer un ambassadeur, il enjoignit Juan de Silva de s'engager, de suivre et surveiller les foucades de Sébastien. Philippe II en profita pour lui assurer un mariage prestigieux avec Filipa, sa cousine, qui lui apporta, en dot, un domaine confortable, le titre de comte de Portalegre et une fortune capable de lui permettre enfin de tenir son rang.

Deux ans plus tard, Sébastien fourbit un nouveau projet. Juan de Silva prévint son monarque. Une entrevue entre Philippe et son neveu fut organisée au monastère de Guadalupe, à égale distance de Lisbonne et de Madrid. Sébastien présenta son plan. Au Maroc, dans la région de Larache, port sur l'Atlantique, deux sultans se disputaient le pouvoir. L'un d'eux, le noble al-Mutawakkil, réclamait de l'aide. L'occasion était trop belle pour installer un protectorat et assurer sa domination. L'oncle écouta les exaltations, conseilla de ne pas se lancer dans une opération de ce genre. Rien n'y fit. Sébastien s'obstinait. De guerre lasse, Philippe promit l'octroi d'un petit détachement et demanda à Juan de Silva, jeune marié, de se joindre à cette croisade pour conseiller Sébastien et, surtout, de le tenir informé de la suite.

Ce fut un désastre, une défaite militaire qui eut dans le monde musulman un retentissement aussi important que Lépante pour les chrétiens, et Alcazarquivir, nom donné à la bataille, connue en Espagne comme « la bataille des Trois Rois », brilla au firmament de leurs victoires contre les mécréants. Sébastien croyait trop en sa force, en l'invincibilité de son armada. Huit cents bateaux, vingt mille guerriers. En face, un sultan âgé, fourbu, malade, Abd el-Malek, que l'on portait sur le front dans une civière tant il était faible. Muhammad al-Mutawakkil, l'allié, ouvrait les routes et les fortins. Sébastien ne doutait plus. Ses officiers conseillaient d'attendre l'ennemi près de la côte pour profiter de l'appui de la flotte et l'emporter grâce à la puissance des canons. Le roi fou ne voulut rien entendre. Il vaincrait au milieu des terres, à cheval. Il prit la tête de son armée, un 4 août, sous le feu du ciel qui cuisait les hommes dans leurs armures. Le vieux Abd el-Malek l'attira dans un piège. Le combat commença vers 11 heures près de l'oued Al-Makhazine, où les Marocains avaient réuni leurs forces soudées et entraînées, quand celles de Sébastien étaient un rassemblement de mercenaires flamands, italiens, espagnols autour des fidèles portugais. Trop lourdes, trop peu préparées, épuisées par leur lente marche sous les soleils d'Afrique, les troupes portugaises ne connaissaient que l'assaut bref et victorieux. L'inverse se produisit. Les Marocains résistèrent, mirent en déroute la première ligne, contre-attaquèrent. Dans le camp adverse, la débandade commença. La plupart des soldats se noyèrent dans la rivière ou s'enlisèrent sur ses rives boueuses. Parmi eux, Mutawakkil, le sultan qui avait appelé le Portugal à l'aide. Sébastien crut qu'il pouvait renverser le sort des armes. Il chargea à la tête de sa cavalerie. Une canonnade le tua. Abd el-Malek, sur son lit de douleur, contempla à peine sa victoire. Il mourut lui aussi de la maladie qui le torturait. Mais le Maroc s'était débarrassé des prétentions de conquête portugaises et, du même coup, assurant sa souveraineté, éloignait la tutelle ottomane qui se profilait. Sur le champ de bataille, les survivants furent envoyés en captivité à Larache, place forte du Maroc, vendus comme esclaves à Alger ou échangés contre rançon.

Juan de Silva fut de ceux-là. Son bras gauche pendait le long de son corps. Il avait participé aux combats en première ligne. Un tir d'arquebuse lui avait brisé les os et ouvert plusieurs plaies qui les mettaient à nu. Il ne resta pas longtemps aux mains des Maures. Ces derniers connaissaient la valeur de leur prise et l'argent qu'ils pouvaient en tirer. Il fut soigné, son bras sauvé mais désormais inerte pour le restant de son existence.

Ses amis en Espagne firent savoir l'intérêt qu'ils lui portaient, les raisons qui l'avaient conduit dans cette aventure. À peine remis, ses plaies suturées et ses os réparés, il fut chargé d'accompagner les restes du cadavre de Sébastien à Ceuta d'où ils seraient plus tard rapatriés au Portugal. Quant à lui, il lui fut expressément recommandé de rejoindre Gibraltar puis Séville, de se remettre de ses blessures et, surtout, de réfléchir à la délicate situation dans laquelle allait se trouver le Portugal et d'y œuvrer sous les ordres de don Cristóbal de Moura, protégé et conseiller de Philippe II. Un pays sans roi, sans descendant, sans gouvernants, est la proie de toutes les convoitises. Philippe II le savait, qui avait demandé à Juan de suivre le périple suicidaire de Sébastien. Désormais, Juan de Silva espérait lui aussi obtenir l'oreille de Sa Majesté. Il prit le chemin du Portugal.

Pendant deux ans, il intrigua, convainquit, soudoya les personnages les plus influents de Lisbonne afin de préparer au mieux l'accession de son roi au trône portugais. Philippe s'impatientait. S'il le fallait, il pouvait utiliser la manière forte et donner la primauté aux armes. La reconnaissance de la noblesse en majeure partie libérée des mains des Maures grâce aux largesses de la couronne espagnole, l'action souterraine de Juan de Silva et, pour finir, le corps expéditionnaire du duc d'Albe qui écrasa les partisans d'Antonio, seul rival de

Philippe II, eurent raison de l'indépendance lusitanienne. Les deux couronnes et les deux empires étaient réunis sous l'autorité d'un unique souverain, et l'Ibérie ne reconnaissait qu'un pouvoir.

Dans le même temps, une légende se propageait qui allait perdurer des siècles, imprégner toute une culture et devenir l'âme triste d'une nation. Dans les campagnes, on murmurait que le roi Sébastien n'était pas mort. Personne n'a reconnu son corps, disait-on, et les restes, enterrés à Belem, dans l'église des hiéronymites, aux côtés de ceux de son ancêtre Emmanuel le Fortuné, n'étaient pas les siens. Le roi errant allait de pays en pays. Des rescapés disaient l'avoir vu blessé, mais en vie, dans la nuit qui suivit la bataille, fuyant les Maures vainqueurs et cherchant un monarque ami en terre d'Afrique. On racontait qu'il avait gagné le fabuleux royaume du père Jean où il s'était remis de ses blessures, avait ensuite voyagé en Orient et jusqu'en Perse. On disait qu'il reviendrait dans un matin de brume, sortant du Tage sur son cheval blanc et qu'il délivrerait son peuple et lui rendrait son rang.

Sébastien, le roi colérique qui avait conduit son pays au désastre, s'était changé en chevalier à l'éternelle jeunesse, irradiant de lumière et de beauté, nouveau messie qui redonnait sa gloire au petit Portugal et l'amènerait à la conquête de la Terre. Il chevauchait ainsi dans toutes les têtes, comblait les rêves et permettait de croire à des royaumes qui n'étaient pas de ce monde.

Parfois, des illuminés se prenaient pour lui et se proclamaient couronnés. Un maçon fut pendu. Le fils d'un potier d'Alcobaça, condamné aux galères. Un moine arriva à convaincre Anne d'Autriche, enfermée dans un couvent, qu'un pâtissier était la réincarnation de Sébastien au point de fiancer la fille de don Juan d'Autriche au roturier. La police de Philipe II se saisit du pâtissier, qui fut écartelé, et fit étrangler le moine. Les années passaient. Le mythe du roi errant perdurait, se diffusant dans l'inconscient de tout un peuple au point qu'il est aujourd'hui impossible d'arriver au Portugal sans être saisi par une douce et vaporeuse mélancolie héritée d'un si lointain passé.

3. Les plaines d'Evora

Au fil du temps, Veilletet délaissait l'Espagne pour le Portugal au point de choisir Lisbonne comme ville d'élection. Il ne connaissait pas l'Alentejo, plus au sud, et me proposa d'y aller avec lui lors d'une expédition de septembre. Destination Evora. En voiture comme d'habitude. Nous traversions des champs calcinés de la péninsule Ibérique. Il n'y avait plus de chaume mais une poussière brune de part et d'autre de la route qui nous amenait vers les cités d'Estrémadure d'où étaient partis les conquistadores des Amériques. La chaleur montait dès le matin, écrasait tout en milieu de journée. Dès que le soleil disparaissait, il laissait derrière lui un air subitement froid. À mesure que nous avancions, nous débusquions les souvenirs maures jusque dans les murailles grises de Cáceres, des résurgences de batailles et de conquêtes. Les noms portaient en eux les sédiments du passé : Almendralejo, Mérida, Trujillo, Alcántara, Badajoz. Ce sol dur le fascinait. Il y cherchait une retraite vers des provinces inconnues. Estrémadure. Extrémité de la terre. L'eau et les vagues ne l'attiraient pas, ni les blocs déchiquetés qui se fracassent dans la mer pour des tempêtes d'où l'océan sort toujours vainqueur. Il aimait en revanche ses plateaux cuivrés où l'œil se perd jusqu'à la tache blanche d'un village très loin au-dessous d'un amas de rocs brusquement dressés. Une entrée invisible vers d'autres territoires annonçait une province mystérieuse. Il avait adopté ces routes que nous découvrions sans vraiment connaître les rendez-vous avec l'histoire dont témoignaient les vieilles pierres, les remparts crénelés au-dessus desquels surgissait parfois un palmier au cou de girafe.

Au sortir d'une ville, une autre plaine attendait sans trace de vie, autre désolation dans laquelle il semblait se perdre à la fois par tempérament et guidé par une mélancolie où prolonger sa rêverie. Les silences ne nous avaient jamais gênés. Il nous arrivait de ne pas parler pendant des kilomètres, puis de partager tout à trac une réflexion, une réminiscence de lecture, une anecdote recueillie quelque part. Le plus souvent, je l'interrogeais, moins sur son existence dans laquelle il me perdait que sur ses goûts. Sa culture était éclectique et surprenante. Il était imbattable, par exemple, dans la description et la confection de recettes du terroir. Il avait ainsi cherché, à un moment de sa carrière où il était correspondant pour une revue gastronomique, la meilleure omelette du monde et m'assurait l'avoir trouvée dans un village des Asturies. Il racontait la façon dont la vieille femme battait ses œufs avec une cuillère, geste qu'il était sûr d'avoir revu dans un Vélasquez, au Scottish National Museum d'Édimbourg. Il insistait sur le liquide crémeux, presque élastique qu'elle arrivait à monter tandis que les pommes de terre et les oignons fondaient dans le poêlon. Subitement, le paysage autour n'existait plus. Nous étions à l'auberge. Nous sentions les odeurs sucrées, nous entendions le bruit de la cuillère heurtant les parois de la cassolette, et celui de la poêle où crépitait l'huile. Nous ne résistions pas, alors, à imaginer le repas que nous ferions le soir, énumérant les spécialités culinaires d'Evora, qui en avait fort peu. Puis le silence revenait. Et soudain, nous reprenions la conversation.

« Les œufs, c'est la base. C'est peut-être l'aliment que j'aime le plus au monde. On en fait ce qu'on en veut, il prend toutes les formes possibles, souple, mou, dur, émietté, compact, selon la cuisson. Mais attention, il est plus capricieux qu'il n'y paraît ! On a beau le cuisiner de toutes les manières possibles, il entend bien garder sa nature. Il peut faire virer une mayonnaise…

– Ou aider à la monter… dis-je.

– C'est vrai. J'ai mis très longtemps à savoir la faire. Vous savez qui m'a appris à faire la mayonnaise ?

– Votre mère ?

– Non, pensez-vous ! Antoine…

– Antoine ?

– Antoine Blondin… Il a une passion pour les œufs, lui aussi… Il a toujours été fasciné par leur forme si parfaite qu'elle en devient énigmatique… Le plus étrange chez cet homme qui se nourrit d'un bout de sardine et d'une olive est qu'il connaît parfaitement la gastronomie et qu'il est capable d'en remontrer aux plus férus des spécialistes. »

Pour le coup, c'était vrai, et Veilletet me regardait en souriant, une main sur le volant, l'autre lissant sa barbe. Je lui proposai de le relayer.

Quand il fut assis à ma place, moi à la sienne, il me raconta ses débuts, ses premiers articles, son amour pour le cinéma et la littérature, sa soif de savoir, son désir de parcourir le monde, de croiser d'autres gens, talentueux et bienveillants si possible. C'est ainsi qu'il s'était construit, marche après marche, à force de rencontres et d'audaces, de curiosité pour tout et de vieux maîtres qui lui avaient montré le chemin. Son carnet d'adresses, qu'il partageait volontiers dès lors qu'on avait acquis sa confiance, avait grossi rapidement. Il avait brûlé les étapes en moins de dix ans, avait été repéré pour son talent d'écriture au fin fond du Tarn-et-Garonne après une brève incursion dans des revues automobiles, jusqu'au prix Albert-Londres, puis à sa nomination de rédacteur en chef de *Sud-Ouest Dimanche*.

Il était difficile de ne pas lui reconnaître sa capacité de séduction, qu'il utilisait inopinément, quoique à des fins différentes, quand il avait décidé de se faire aimer. C'étaient de subtiles manœuvres d'approche et d'évitement, d'esquives et de réapparitions soudaines, accompagnées d'attentions délicates. Ainsi, un de ses amis le vit débarquer un jour une bouteille de château-margaux à la main et s'entendit dire : « Voilà vingt-trois ans que nous ne sommes pas vus. J'ai trouvé une bouteille de l'année. » Impossible de lui résister lorsqu'il déployait ses trésors d'ensorcellement. Il y avait, dans sa façon de conquérir, des artifices taurins. Un appel de loin. Un semblant d'intérêt. Un frémissement. Il disparaissait comme l'étoffe de la muleta s'éloigne. Pas assez loin pour ne plus être à portée. Pas assez près pour être prise. Je le voyais agir ainsi, admirant parfois les astuces, rarement dupe, peut-être parce qu'il n'avait pas eu besoin de ses stratagèmes avec moi. Il m'avait offert son amitié sans obligation de la dire. Je l'avais acceptée avec une avidité de mort de faim. Cela nous suffisait.

Après Badajoz, on devinait une autre terre à l'imperceptible changement du ciel. La plaine restait identique, à peine plus vallonnée, avec un semblant de déclivité au fond de laquelle se trouvait la frontière, non loin d'une ruine antique, un aqueduc qui témoignait qu'autrefois les deux pays buvaient la même eau.

Le poste-frontière était déjà une étrangeté. Comme une carte d'exotisme et l'assurance d'une autre nation, semblable en apparence et profondément différente. Au lieu d'une casemate blanche, une guérite où un douanier s'ennuyait ferme. Il nous demanda, par pure habitude, de montrer nos papiers, les consultant d'un air las, regagnant aussitôt l'ombre de son abri, uniformément chaulé, curieusement tarabiscoté, avec un toit incurvé d'une courbure baroque surmonté d'une boule d'azulejos. Il y avait certainement eu une volonté de montrer par cette infime édification architecturale que le Portugal se souvenait encore de sa gloire passée, quand son empire rivalisait avec celui de son voisin, de ses conquêtes au-delà des mers et du fantôme du roi errant. Cette réminiscence d'un style océan au milieu de la terre plate et sans fin avait de quoi attendrir.

Nous roulions vers Evora et notre voiture était la seule immatriculée à l'étranger. Nous devions rester deux jours. La *pousada* où nous logions, juste en face des vestiges d'un temple romain dédié à Diane, fut le point de départ d'une série d'infimes voyages vers les villages de cette province dont Estremoz était le plus connu. Au retour, après avoir marché dans les rues pavées de gros galets, cherchant l'ombre avant de rester au fond de chapelles qui cachaient de modestes reliques, nous nous arrêtions dans des bars. Une seule table, dehors le plus souvent. Des chiens jaunes venaient nous flairer, silencieux et squelettiques.

Veilletet envoyait régulièrement des cartes postales qu'il avait achetées par dizaines à chaque étape. Il veillait avec grand soin à les choisir et mettait un temps infini à les écrire. Il en prenait deux identiques de chaque : une qu'il conservait, l'autre qu'il envoyait. Le plus souvent, les destinataires étaient des femmes dont il ne me parlait pas ou très peu. Il ne rédigeait pas à la chaîne, cherchant l'inspiration, les yeux dans le vague, regardant un ciel de cette couleur tendre et céruléenne qu'avaient les bords des assiettes des magasins de souvenirs. Il mordillait le capuchon de son stylo comme un écolier d'autrefois puis se lançait, de son écriture petite et régulière. Cela me paraissait d'un ennui considérable. L'une de ces correspondantes avait manifestement ses faveurs. Elle avait droit à une carte toutes les quarante-huit heures. Ce jour-là, en quittant l'Alentejo, il me montra ce qu'il venait de lui écrire. « Je reviens d'Estremoz, qui signifie la fin des terres. C'est ici que je voudrais vous amener… »

Ce qui me plongea dans un mélange de scepticisme et d'admiration.

Nous avions laissé Evora et le temple de Diane. Nous remontions lentement vers l'Espagne. Salamanque d'abord, en passant par la Peña de Francia et Las Hurdes, dont l'emblème, tout comme le Portugal auquel nous tournions le dos, était le coq, que l'on trouvait sur tous les colifichets dans les devantures des boutiques. Céramique, sous-tasses, linge de table et même mouchoirs brodés pour petites filles. Un coq bordé de bleu comme les jours de cet été.

À Salamanque, Veilletet me proposa de faire un détour par Ávila, dont il voulait voir les murailles avant de regagner Madrid. Nous étions libres comme l'air. On prolongea le séjour de trois jours. Suffisamment pour boire inconsidérément à Tolède. Il me demanda de nous arrêter à la terrasse du Parador. De là, on avait une vue éblouissante sur la ville. À table, j'essayais de lui parler d'une jeune femme aux yeux verts qui vivait à Londres et que j'avais rencontrée en août au Splendid, à Dax. J'aurais aimé venir ici avec elle. Il n'écoutait pas, comme si cette seule évocation pouvait ternir son aura de séducteur. Aussitôt il me raconta qu'il avait rencontré Ava Gardner dans un *asador* de la vieille ville dans les années 1970. Il ne l'avait pas reconnue jusqu'à ce qu'elle enlève ses lunettes, vienne à sa table et finisse par se présenter. Il me semblait qu'elle avait davantage fréquenté Ségovie que Tolède, mais son histoire m'amusait. J'oubliais ce que je voulais lui dire. Il m'assurait qu'elle buvait beaucoup. J'aimais la façon dont il mentait.

4. Au service du seul silence

À mesure que se croisent le souvenir de Veilletet et le portrait de Juan de Silva, comme deux images au-dessus de ces plaines où nous avions si souvent roulé, je vois naître leur tristesse soigneusement masquée. Trop d'exubérance chez l'un. Trop de solennité chez l'autre. Mais un semblable ravage intérieur. Que cherchait Veilletet en voulant à la fois être reconnu comme écrivain et plaire au propriétaire de son journal ? Que pouvait bien penser Juan de Silva tandis qu'il tentait désespérément d'approcher Philippe II, ne trouvant d'apaisement que dans les lettres acrimonieuses et ironiques qu'il envoyait à ses proches, mieux lotis, secrètement enviés car naviguant en toute occasion dans l'entourage du roi ?

Le souverain avait comblé d'honneurs Cristóbal de Moura, devenu son homme de confiance. Vice-roi du Portugal quand l'affaire portugaise se termina et que Philippe II retourna à Madrid, il fut nommé membre du grand Conseil, cette *junta grande* qui n'était en fait qu'une commission réduite, composée de quatre ministres sachant tout des affaires du royaume et dans laquelle Juan de Silva rêvait d'entrer. Cristóbal était son ami et son plus fidèle confident. Il n'eut de cesse de le solliciter, lui rappelant comment, sous ses ordres mais en pleine intelligence, ils avaient pu dénouer les nœuds de la succession du trône lusitanien au profit de leur monarque. Ensemble, ils avaient réussi à convaincre que les ruses et les prébendes valaient mieux que les armes pour imposer une présence espagnole. Mais voilà, Cristóbal avait beau vouloir l'aider, il ne le fit jamais entrer dans le cercle convoité. Toujours en dehors, mis à l'écart, choyé d'un côté, rejeté de l'autre. Tenu à bonne distance d'un souverain qui ne pensait pas à lui.

Dans ces années 1580, Juan de Silva décida alors de commander son portrait au Greco, comme pour mieux se persuader qu'il était ce sujet impénétrable et droit, incapable de tromperie, jurant fidélité à la couronne d'Espagne pour le bien de laquelle il mettait toute son âme et jetait toutes ses forces. Le portrait dit cela. L'illusion d'une volonté sans faille, sans faiblesse perceptible, au point que la blessure a disparu, que ce bras mort le long du torse est invisible. Lui-même voulait oublier cette part de lui devenue inutile, privée de nerfs et de tendons, incapable de se mouvoir et qui l'accompagnait désormais comme une prothèse étrangère. Parfois, des douleurs irradiaient dans son membre comme s'il reprenait vie, courant en un éclair jusqu'au cerveau où elles éclataient en une fleur fulgurante.

Il gardait néanmoins la componction qui sied à un hidalgo, pénétré de ses fonctions et surtout de ses devoirs. Comme son père avant lui, il vivait dans la terreur de perdre la face et de faillir à l'honneur. Avait-il toujours été à la hauteur de cette tâche qu'il devait au roi et à Dieu ? Cette idée le contrariait fugacement. Il la chassait de son esprit. Oui, il ne devait jamais douter qu'en toutes circonstances il s'était montré digne de son rang, surtout là-bas, si loin, sur les terres des Maures, de l'autre côté de Gibraltar. Il posait alors sa main sur le cœur, sa main aux doigts si longs, si fins qu'ils semblaient ne pas être capables d'empoigner une épée. Pourtant à combien de batailles s'était-il livré ? Et que n'avait-il vu qu'un homme ne devrait jamais voir ? Les combats, la mort, le martyre des corps, celui de l'âme ?

Il connaissait le prix du sang et ne pouvait craindre l'enfer. La large imagination des êtres humains avait mis au point des instruments de douleur qui dépassaient l'entendement. Le trépas, ici-bas, allait avec son cortège de souffrances dont il semblait qu'on pouvait toujours en trouver de nouvelles. Supplices d'hérétiques. Mises à mort d'espions et de traîtres. Quotidiens de soldatesques. Ce n'étaient que des crânes réduits en bouillie, des squelettes rompus, des chairs rôties, des plaies à vif que l'on garnissait de soufre, de sel ou de poudre, de longs étranglements, des yeux exorbités et crevés, des langues énormes qui devenaient bleues avant qu'on les tranche. Et les odeurs ! Odeurs lourdes, chaudes, douceâtres et poivrées des cadavres en décomposition qui pénètrent vos pores, s'immiscent sous vos habits, s'incrustent en vous. Puanteur de la graisse de ceux qui brûlent en hurlant. Pestilence de la boue mêlée d'excréments dans les camps de prisonniers où l'on s'enfonçait, écrasant les os des morts qui resurgissaient de la glaise. Et celle, écœurante, des entrailles qui se vidaient en marchant quand trébuchaient ces cohortes de prisonniers tenus par des chaînes sous les fouets des Maures, grand cortège de vaincus, esclaves et déjà squelettes, somnambules serrés les uns contre les autres, avançant sous les nuits glacées du désert, marchant sous les soleils de Berbérie.

Tout cela, il l'avait vu.

Il en avait ramené ce bras immobile et des stigmates invisibles. À 50 ans à peine. Il avait déjà été militaire dans les Flandres, sous les ordres du duc d'Albe quand il s'agissait de rendre à la raison du Christ et de sa sainte mère les protestants, cette plaie gangrenant l'Europe. À Oran, ensuite, où il était parti en garnison, jeune encore, combattre les infidèles qui menaçaient les murailles de la possession. Puis cette épouvantable expédition au Maroc que Sébastien croyait pouvoir conquérir en deux coups de canon.

Non, ce n'étaient pas ces calvaires qui pouvaient effrayer le comte au visage calme. Ce qui l'effrayait était précisément l'inverse. L'immobilité pour les temps à venir, cette plongée dans l'inaction, grise et sans fin, ce long chemin d'un purgatoire terrestre qui préfigurait peut-être ce qui l'attendait dans l'au-delà. Ne rien faire, errer sans but, sans connaître la date de la rémission. Ne se voir reconnaître ni damnation éternelle ni béatitude d'élu. C'était pour lui la pire des punitions. Comme l'était cette indifférence du roi dont il quêtait, à défaut de l'affection, du moins l'intérêt. Pourquoi son monarque ne saluait-il aucun de ses services ? Pourquoi ne lui octroyait-il aucune de ses faveurs ? Pourquoi ne lui accordait-il aucune récompense ?

Il ne lui en voulait pas mais il se torturait. Il se pensait coupable. D'autres qui avaient œuvré moins que lui pour satisfaire la volonté de Philippe s'en trouvaient gratifiés. Devait-il encore prouver sa loyauté ? N'avait-il pas assez payé ? Ou était-ce seulement son destin de demeurer sans éclat ? Celui d'un jeune page dévoué, devenu soldat au service de la couronne, et condamné à n'être rien.

V. L'ARAIGNÉE DE L'ESCORIAL

1. *Le Martyre de saint Maurice*

Quand le Greco compose le portrait de Juan de Silva, il vient lui-même de subir la plus cruelle déception depuis son arrivée. Ce que craint et pressent le modèle, l'artiste l'a récemment vécu et découvert. Ni l'un ni l'autre n'ont pu atteindre ce panthéon dont ils rêvaient : devenir un maître de la Cour. Le tableau que le Greco a peint, sur commande royale pour un des autels de la gigantesque basilique de l'Escorial, a été refusé par le monarque. Et pourtant, ce *Martyre de saint Maurice* et de la légion thébaine était le plus novateur et le plus inspiré de ce qui se montrait alors.

Le Greco était venu chercher en Espagne ce qu'il n'avait pu trouver à Venise ni à Rome. Un statut. Celui d'un créateur libre au service d'un mécène puissant. Il était à deux doigts d'y arriver quand l'Europe entière bruissait des projets du roi d'Espagne.

Philippe II fait construire en pleine sierra de Guadarrama, entre Madrid et Tolède, un monument pharaonique qu'il modifie et transforme à mesure que les pierres s'ajoutent. L'Escorial augmente de proportions. Il devient rêve et forteresse, cloître et palais, basilique et tour de Babel. L'église doit être à l'image de celle de Saint-Pierre de Rome. La bibliothèque, rassembler tous les livres du temps et les correspondances du monde. Le roi a besoin de peintres et de sculpteurs. Lui seul décide des édifications à célébrer, de l'ordonnance des autels, des représentations qui doivent les accompagner et des maîtres pour les réaliser. Il voulait Titien. Ce dernier, trop âgé, a fait parvenir une de ses œuvres et décline l'invitation. Il faut se rabattre sur un de ses élèves, Juan Fernández Navarrete, dit « el Mudo », Espagnol établi en Italie depuis vingt ans, moine muet, nommé peintre officiel. À peine a-t-il ébauché les commandes pour le couvent et l'église qu'il meurt. La place est libre.

En 1579, le jour de la Fête-Dieu, la Cour s'installe pour dix jours à Tolède. Le Greco vient d'achever son *Expolio*, *Le Partage de la tunique du Christ*, destiné à l'église de Santo Domingo. Toute la ville en parle, suffoquée par les audaces, stupéfaite par la composition et saisie par sa beauté. Un Christ déjà absent, les yeux tournés vers la demeure du Père, indifférent aux mains qui le dépouillent, alors qu'à ses pieds le bourreau, dans un geste sûr de charpentier, vrille le bois, finit d'assembler l'instrument du supplice que découvrent les trois Marie, partagées entre effroi et douleur. Philippe II voit le travail de cet inconnu. Il en perçoit l'importance. Il confie au Greco une première interprétation qui doit saluer la victoire de Lépante sur les Turcs, œuvre des trois puissances, papale, vénitienne et espagnole.

Le Greco ne recule devant rien. Pour assurer ce choix, il se renseigne sur les goûts du roi. Il lui est confirmé sa prédilection pour l'art italien, mais également sa fascination pour les visions apocalyptiques de Jérôme Bosch. En peu de temps, il réalise une composition étrange et hypnotique, connue sous trois noms différents : *Le Rêve de Philippe II*, *La Gloire de la Sainte Ligue* en référence à la victoire de Lépante sur la flotte ottomane, et *L'Adoration du saint nom de Jésus*. C'est une œuvre flottante, véritable catalogue de tout ce qu'il est capable de réaliser, jusqu'à recomposer, dans une mâchoire de squale, la bouche de l'enfer. L'hommage à Bosch est patent. Les corps précipités dans le feu éternel y rôtissent, tandis que Philippe II, à genoux devant le Christ, espère le ministère total qu'il aura sur le monde.

Séduit, ou au moins assuré de sa première impression, le roi confirme sa commande. Le sujet lui tient à cœur. Saint Maurice est l'un des défenseurs de la chrétienté. Capitaine romain à la tête de six mille légionnaires, troupes de choc de l'époque, il est récemment converti. Ses soldats ont épousé son choix. On le somme d'abjurer sous peine de décapitation et d'ordonner à la légion d'en faire de même. Il refuse et convainc ses hommes de le suivre dans la mort sans se servir de leurs armes. Philippe veut ce tableau qui devra témoigner de l'acceptation de la foi, pour vous et pour ceux qui vous suivent. Engagement inouï, dédain de la vie terrestre, métaphore du commandement et de la confiance que le chef doit inspirer jusqu'au sacrifice, il dit également la réclusion morbide dans laquelle, peu à peu, s'enferme le plus grand souverain d'Europe.

Le Greco s'est trompé. Il a cru à un dialogue, imaginé que le roi pouvait comprendre son art et en déchiffrer les signes sous l'apparence du motif. Il a représenté non le martyre, qu'il relègue au second plan, rappelant ainsi ses débuts de miniaturiste byzantin, mais le débat qui conduit à accepter le supplice. La force de conviction du saint, la douceur ferme avec laquelle il entraîne ses capitaines à désarmer leurs hommes en leur demandant de tendre le cou au fil de l'épée, le royaume des cieux qui les surplombe et les attend, tout cela lui paraît plus important que le massacre. Péché d'orgueil. Philippe II relève la virtuosité du travail, s'en trouve même secrètement agacé, et réfute l'argument. Il désire du sang et des veines coupées, des têtes qui roulent au sol, l'évocation du martyre davantage qu'une glose théologique et qu'une conférence de soldats.

Il passe commande à ce bon élève de Rómulo Cincinato, qui travaille dans le vaste chantier sur les fresques de la basilique, et lui demande de s'emparer du thème. Rómulo s'exécute. Son tableau se trouve toujours à l'Escorial sur un autel de l'une des chapelles adjacentes, noir, terne, appliqué, sans émotion, mais conforme à la demande royale. Le Greco, lui, a vu s'effondrer d'un coup tous ses espoirs de peintre de cour. Philippe II sait-il qu'il a refusé un chef-d'œuvre ? Il paye le Greco plus cher que le pâle Rómulo. Certains remerciements équivalent à du mépris. C'en est fini des ambitions royales de Dhomínikos Theotokópoulos, qui devient définitivement « le Grec de Tolède ».

Dans la sierra qui domine Madrid, le roi poursuit son édification d'un songe de pierres grises.

2. Le message de Juan de Silva, septembre 2019

Aujourd'hui, on va à l'Escorial en train, empruntant ces lignes qui innervent quotidiennement la capitale espagnole. Je m'y suis rendu un jour d'automne, quatre ans après avoir commencé cette recherche sur une figure qui m'échappe et m'obsède, qui prend tour à tour les traits d'un chevalier inconnu du XVIe siècle ou ceux de Veilletet quand il me disait dans ce musée du Prado d'aller à l'Escorial où nous ne sommes jamais arrivés.

Il faisait bon comme au printemps. J'ai voulu acheter un billet à la gare de Puerta del Sol, en plein cœur de Madrid. Il n'y a plus de guichets ni de contrôleurs. Une borne distribue les tickets que l'on choisit sur un écran. Trouver San Lorenzo, ma destination, au milieu de toutes les possibilités proposées laisse perplexe. Un homme s'est approché pour m'offrir son aide et a débloqué la situation. Au moment où je partais, il m'a demandé si je pouvais le dépanner. « Un ou deux euros, *por favor*, je n'ai plus de travail… » Il venait d'en recréer un, illicite et souterrain. La vie se venge du progrès qui veut l'effacer.

À mesure que l'on roule, les gares reprennent leur allure d'antan. Elles avaient l'air blafard d'un arrêt de métro, les voilà soudain en plein jour, apprêtées et pimpantes comme au temps de la construction du premier chemin de fer. La voie épouse les pentes, s'insinue entre des forêts de sapins et de mélèzes où l'on aperçoit les cerfs du parc national. Une troupe de canards se pose en glissant sur un lac d'émeraude. Au loin, surmontant les arbres, une masse sombre se détache entre deux pics. San Lorenzo est le terminus de la ligne, et le village ressemble à s'y méprendre à une station de montagne comme en proposerait une agence touristique. Maisons aux toits pointus, air vif dans une matinée de septembre. Un ciel d'élévation, un parc gigantesque, des pins parasols centenaires et tout en haut, au-dessus de nos têtes, un bloc de pierre qui ne tolère aucune fissure, une muraille verticale, lisse, infinie, aux moellons ajustés, collés les uns aux autres, percée régulièrement de rangées de fenêtres et d'une porte monumentale : l'Escorial.

Philippe II avait longuement cherché le lieu nu et vide pour édifier son sanctuaire. Il avait fui Tolède qui lui paraissait trop peuplé. S'était détourné de Madrid. Il voulait un désert de rocaille à l'image des désolations dans lesquelles se réfugiaient les ermites. Il l'a trouvé, au cœur de ce plateau de la sierra de Guadarrama. À l'origine ce devait être un couvent. Ce deviendra un monstre d'équilibre pétrifié. Sa construction a duré vingt et un ans. Pénétrer dans son palais en forme de gril, celui du martyre de saint Laurent, revient à approcher au plus près les tourments de ce roi terrible et de sa tête malade. Il désirait à la fois un mausolée à la gloire de son père, célébrer la victoire de Saint-Quentin sur les Français, honorer saint Laurent, rassembler tout ce que son univers contenait de livres, de connaissances, d'archives, de billets secrets, s'incliner devant Dieu en lui construisant une basilique immense et vivre coupé de la société des hommes tout en tirant les fils de son empire : Espagne, Naples, les Deux-Siciles, Jérusalem, les Indes occidentales, les îles sur l'Atlantique. Il voulait lire tous les rapports qui lui parvenaient du lointain des mers et au-delà des terres. Administrer, régenter, se fustiger et punir. Rêve de puissance et d'omniscience.

L'Escorial a la couleur de l'acier et la froideur des lames. Son nom lui vient des mines de fer abandonnées recouvertes de scories de minerai. Il ne se conçoit qu'à partir de la roche creusée pour recevoir le cénotaphe, ce tombeau octogonal, chambre des rois, maison mortuaire, ultime vanité et rappel de l'évanescence humaine. Philippe II a fait venir les restes de ses ancêtres dans de longs cortèges funéraires. Il a exhumé leurs cadavres de leurs sépultures, corps momifiés, putréfiés, os devenus poussière : depuis le monastère de Yuste, celui de son père ; depuis Grenade, ceux des ancêtres de la Reconquête ; depuis Tordesillas, Valladolid, et d'Estrémadure, ceux des aïeux qui ont précédé. Lentement, des corbillards tirés par des chevaux empanachés de noir ont traversé l'Espagne, suivis d'une cohorte de moines psalmodiants. Il les a rassemblés dans cette demeure des morts. Leurs noms sont gravés à même la pierre. On y accède par un escalier étroit. Le granit cède peu à peu devant le marbre, grège d'abord, puis rouge veiné d'un noir qui gagne au point d'envahir l'espace et de le rendre étouffant. C'est la tombe matricielle, pyramide inversée voulue par le souverain. Sur les dépouilles de sa dynastie, il a construit un temple. Et encore au-dessus, surprenant de lumière et de sérénité, au sortir de l'ossuaire terrifiant, il a fait aménager des appartements ostentatoires de blancheur.

Philippe II vivait entre ces murs chaulés, à peine rehaussés par une frise d'azulejos, dans des couloirs qui mènent à la chambre où il se réfugiait. Une cellule dont une porte donne sur le chœur de l'église, juste au-dessus de la *capilla mayor*. De là, il voyait tout, surveillait la préparation des messes, ne tolérait aucune imprécision, faisait reprendre l'ordre des burettes et des aiguières mal placées sur l'autel. C'était son seul luxe. Sinon, une table, une chaise et une banquette pour reposer un pied rongé par la goutte. Le lit où il mourut. Une couche minuscule où il attendit le trépas, le corps ravagé de plaies et d'ulcères, confiné dans une puanteur suffocante. Un jour, soulevant ses draps, il montra à son fils cadet, destiné à lui succéder et qui portait le même nom de Philippe, de quoi était fait l'être le plus puissant du monde : de chairs corrompues.

Juan de Silva, lui aussi, est venu ici prendre ses ordres de missions portugaises. Il est arrivé le cœur battant, plein d'espoirs et d'appréhension, retrouvant la Cour qui se murait à mesure des ans. Il a vu le monumental ouvrage s'élever. Il a assisté à la claustration volontaire de son monarque, pris ses lettres, accepté une dernière mission qui était une autre humiliation.

Puis il est reparti vers Tolède où le Greco terminait son portrait. Le peintre lui a demandé de poser les doigts sur la poitrine, à moins que ce ne soit lui qui l'ait voulu, pour témoigner de sa fermeté, au-delà du sacrifice, comme le Christ dans l'*Expolio*.

À qui Juan de Silva destinait-il ce message ? Cette main sur le cœur est une offrande. À chacun d'en faire ce qu'il veut. Juan de Silva signifie-t-il qu'il accepte l'injustice qui lui est faite et dont il meurt de chagrin ? Conjure-t-il ce qu'il craint le plus, l'impuissance et l'incapacité à repartir pour de nouvelles missions ? Dit-il au roi, une dernière fois, qu'il aurait tort de l'oublier tout à fait car il est toujours là, prêt à le servir, irrémédiablement aux ordres de Sa Majesté ? Peut-être simplement désigne-t-il son cœur, l'organe de l'amour par lequel il sait qu'il n'a pas failli mais beaucoup menti. Il le fallait. Il fallait bien rebondir, trouver de quoi survivre. Parvenir à dissimuler ses desseins, à taire ses secrets. Alors, devant le peintre, il refoule la détresse qui le saisit au moment où il devrait récolter cette reconnaissance qui ne viendra plus. Il pose pour masquer la chute qui l'emporte.

3. Les chevaux du roi

Après la visite de l'Escorial, les cafés de San Lorenzo sont pris d'assaut et le village lui-même, silencieux les jours de neige, grouille de groupes qui suivent leur guide, drapeau brandi au-dessus de sa tête, semblables à des pénitents dissipés cheminant derrière l'oriflamme de leur confrérie. Ils se dirigent vers un restaurant vantant sa spécialité culinaire, cochon de lait ou agneau rôti de Castille.

Impossible ici de trouver un lieu de tranquillité, sauf à redescendre par le grand parc tellement calme et accueillant qu'il ne peut avoir été conçu qu'après la mort de Philippe II. Parfois, une courte brise soulève les feuilles dont le bruissement rehausse le silence. Tout autour, on devine l'invisible respiration végétale. C'est un havre de courtoisie. Un homme en panama, veste verte et pantalon rouge, me croise. Il salue en se découvrant légèrement, avec une civilité ancienne. Tout en bas, devant la grande grille du parc, un bar-restaurant, que personne ou presque ne fréquente. J'y ai attendu l'heure de mon train, pris une bière et déjeuné. Les arbres recouvrent d'une ombre bienveillante la petite terrasse et protègent du soleil à son zénith. À l'intérieur, le patron, à qui un habitué tient compagnie, essuie machinalement le comptoir et regarde une télévision qui hurle, diffusant alternativement débats politiques, brèves d'actualité et résumés des matchs de foot.

Je regrette que nous ne soyons jamais allés à l'Escorial avec Veilletet. C'est un endroit où il ne faut pas être seul. Et j'aurais pu lui demander pourquoi, à ses yeux, le secret du *Caballero* s'incarnait là. Il ne m'aurait pas répondu, ou à côté, ou aurait inventé. Il n'y a rien à comprendre à l'Escorial, sinon l'obsessionnelle solitude d'un roi qui renonce à tout sauf à Dieu. Mais en me chuchotant il y a quarante ans que la clef du tableau du Greco se confondait avec les murs mycéniens de la résidence royale, Veilletet créait un mystère de plus.

Il ajoutait une énigme au motif, comme dans ces grands tableaux qu'il aimait où les mises en abyme n'en finissent pas. Il voulait que sa vie ressemble à un roman parce qu'il était écrivain et que les écrivains tâchent de vivre comme dans leur fiction. Il avait besoin d'alimenter le réservoir de ses rêves et c'est le mien qu'il remplissait.

Maintenant qu'est venu le moment de regarder en arrière, il me semble ne jamais l'avoir connu aussi drôle que durant ces séjours où la beauté du monde se dérobait à ses yeux. J'aimais son regard sur la course du temps, sa causticité sur le grotesque de l'époque, la justesse de ses remarques, ses observations devant une peinture, un paysage ou une rencontre fortuite. Il avait alors un mélange de légèreté et de flegme, une capacité à donner le change que rien ne semblait pouvoir entraver.

Il parlait peu de sa famille, sinon par touches infimes, au détour d'une remarque ou d'une anecdote. Jamais il n'évoquait son enfance, comme s'il tenait des ombres à distance. Sur son passé et son proche entourage, il restait muet ou presque. Il parlait de sa mère parfois. Rarement de son frère. Jamais de son père. Avait-il seulement eu une adolescence ?

À peine me confia-t-il qu'il avait vécu, enfant, aux confins de la Chalosse et du Tursan, entre Aire et Hagetmau, avant que ses parents, dans des circonstances qu'il éludait, ne partent habiter Tarbes, passé qui le rendait stupéfiant pour qui ne le connaissait qu'à travers son travestissement d'anglomane bordelais. Il avait également une mémoire des lieux et des noms qui lui permettait de nourrir ses récits de détours vers des destinations inattendues. Curieusement, ses pas de côté, le ramenant vers une enfance qu'il taisait, avaient des allures d'*Huckleberry Finn* alors qu'on attendait *Le Grand Meaulnes*. C'étaient des découvertes infimes, mais parfaitement enchâssées dans ce décor de collines et de routes étroites comme les invente ce coin des Landes. Les lieux-dits nécessitaient pour s'y rendre une véritable connaissance des chemins vicinaux. Les désignations de hameaux aux syllabes gutturales étaient difficiles à prononcer pour qui n'avait eu une oreille dressée depuis toujours. Ainsi, à l'improviste, il m'amena découvrir une source aux propriétés miraculeuses du côté de Momuy. On y accédait par un sentier glissant que les branches des noisetiers recouvraient d'une ogive filtrant une lumière au plus haut de l'été. La source était en contrebas. Un filet d'eau tombait sur des carreaux rouges au fond d'un bassin que les herbes menaçaient de recouvrir et qu'entouraient des bouquets de fleurs fanées. Des pièces de monnaie y reposaient. La réverbération et les caprices des ondes les déformaient, semblant les tordre, captant parfois un éclat de soleil qui renvoyait un bref et minuscule éclair. Vers qui le ramenait cette source ? Avec qui avait-il pu y aller ? Sa grand-mère maternelle avait vécu non loin de là, assez longtemps pour avoir habité Aire, dans une maison au centre de la ville, à côté du restaurant L'Ahumat, « L'Enfumé », ce qui ramenait au temps des auberges. Nous y avions dormi un soir après une corrida, lors de la fête patronale. À une autre occasion, alors que nous revenions d'Eugénie-les-Bains, il me guida vers un haras dont je n'avais jamais entendu parler. Il avait été fondé, me raconta-t-il, sur ordre royal au XVIIe siècle, en pleine campagne et non loin de l'Adour, rivière qui donnait son nom à toutes les petites villes plus ou moins importantes qu'elle traversait et au pied desquelles elle laissait, au hasard de ses méandres, des bancs de sable gris et des galets couverts d'écailles de terre. C'était une matinée d'août. En arrivant vers la rivière, sur une sorte de plaine, à peine à l'abri des inondations de l'hiver, se dressait, au milieu de nulle part, une architecture rectangulaire, militaire et élégante, d'où montaient, forts et puissants, les remugles de crottin de cheval ainsi qu'une odeur chaude et familière. On entendait parfois un piaffement, des claquements de sabots sur une longue allée de galets ronds, harmonieusement assemblés, parfaitement identiques à ceux que roulaient les gaves tout proches qui descendaient des Pyrénées. On ne voyait personne. Les hennissements étaient les seuls signes de vie qui parvenaient par-delà le haut mur. Un lourd portail de bois interdisait l'entrée, de sorte qu'on se prenait à croire que les fantômes des chevaux du roi vivaient ici. Je lui demandai quand il avait découvert cet endroit. Il me répondit vaguement qu'il y venait à vélo après avoir pêché dans le cours d'eau zigzaguant le long de la colline.

Veilletet extrayait des fragments de souvenirs sur lesquels il ne revenait jamais, dont il ne parlait plus ensuite, mais qui restaient aussi mouvants que les bancs de sable de la rivière et de sa vie disparue. J'ai essayé de revoir le haras du roi. Je ne l'ai jamais retrouvé, comme s'il s'était évanoui ou que je l'avais rêvé.

On finissait par ne plus savoir ce qui avait été de ce qu'il inventait, d'autant que sur sa jeunesse il se livrait facilement : son passage à l'université de Toulouse, sa passion pour l'automobile, ses premiers rallyes, ses talents de basketteur, sa découverte des *Contrebandiers de Moonfleet*, de Fritz Lang, son arrivée dans le journalisme qui lui avait conféré un statut, presque un état civil et une autre naissance.

Sa façon de réinvestir les lieux qu'il avait connus passait par des circonvolutions qui étaient autant de vols d'existences. Curieux des souvenirs d'autrui, il les faisait siens sans que l'on sache s'il désirait établir une complicité ou s'il remplissait un vide. Il se saisissait de la moindre de vos réminiscences pour la compléter par une touche personnelle. Je ne pouvais lui parler des dimanches de rugby dans les Landes, du café-hôtel-restaurant, siège du club dans les années 1960, sans qu'il l'accompagne de sa propre version. Il connaissait ces atmosphères saturées d'anis et de tabac, ces bars que les ans avaient polis, ces dimanches matin de voix fortes, ces bus aux sièges en skaï, ces nostalgies d'après-match dans le jour qui tombe, comme s'il les avait éprouvés en observateur extérieur, restant sur le seuil, percevant les moindres détails, les moindres textures, et les resservant ensuite, longtemps après, à la faveur d'une confidence. Il en arrivait même à compléter vos impressions avec une précision confondante, à croire qu'il était là dans votre dos, ou qu'il avait, avant vous, vécu cette même scène.

4. La route de l'église romane

Une dernière fois, nous sommes partis ensemble et ce fut une route morose. Il avait changé. Moi aussi. On ne se voyait plus autant. Il était devenu moins accessible, s'échappait sans cesse. Moins présent auprès de ses amis comme dans l'exercice de sa profession, soucieux de l'image qu'il pouvait donner alors qu'il devenait souvent irritable, lointain, parfois même insupportable et incompréhensible. Tout le blessait. Autrefois, il s'enorgueillissait de ne jamais taper ses textes à la machine. Une secrétaire, dévouée corps et âme, transcrivait ses feuillets, il est vrai parfaitement calligraphiés. Le règne des ordinateurs l'exaspérait. L'obligation de s'en servir le renvoyait à ses failles. Ce qu'il croyait être marque de distinction devenait ridicule et il voyait dans l'avancée de la toile d'Internet une invention démoniaque. Il s'efforçait de ne rien laisser paraître, s'entichait d'inconnus après une soirée à boire, les invitait, racontant le passage d'un roman qu'il n'écrirait pas alors qu'ils n'écoutaient rien. Un soir, deux jeunes collègues qu'il avait conviés sans raison chez lui, ou par peur d'être seul, ou pour vouloir croire encore en son pouvoir, l'un grand et maigre, l'autre aux dents jaunes de poney, lui jetèrent à la figure des boulettes de pain, burent son whisky en le tutoyant, l'appelant Pierrot, se moquant de ce qu'il leur lisait. Il continuait à rire. Avait-il effacé le souvenir dès le lendemain ? Ou faisait-il semblant ?

Il avait frôlé le succès au point que son nom, une année, avait été inscrit sur la liste du Goncourt. Ses livres ne marchaient plus. On l'avait oublié, le monde des lettres s'était détourné. Il en était meurtri. Lentement, il avait pris le parti de s'enfermer dans un détachement affecté. Il continuait d'écrire des romans de plus en plus courts dont il n'espérait rien sinon, peut-être, une possible postérité. Après avoir été l'enfant adulé de son journal, il en avait été évincé. Il s'était évertué à devenir, croyait-il, l'ami du directeur, ne voulant admettre, dans un orgueil puéril, aucune vassalité. Que voyait-il chez ce propriétaire qui était de son âge et avec qui il avait débuté ? Un prince éclairé qui aurait pu l'estimer comme son égal ? Mais les princes de la Renaissance pouvaient apprécier leurs artistes, les choyer, les entourer d'attention, ils n'en demeuraient pas moins des maîtres, chargés de familles, tenus par des liens du sang, environnés d'intrigues, de suppliants et de coteries, qui ne tolèrent personne à leur hauteur. Veilletet exigeait une distinction qui lui aurait évité de se retrouver dans des fonctions de subalterne. Voulait-il ainsi combler cette perpétuelle inquiétude de ne pas être à sa place, comme s'il avait usurpé ses titres et volé son talent ? Il finit par perdre la confiance de celui qu'il croyait être un ami et son existence triomphalement débutée se termina par un départ cruel et humiliant. Un morceau de lui se brisa qu'il s'efforça de masquer par un surcroît de désinvolture et d'alcool. Toute sa vie, ce sentiment sourd d'imposture l'avait poursuivi, au point qu'un jour il quitta la table où nous étions installés avec un ami que je lui avais présenté, lui aussi né à Tarbes, qui venait de terminer le roman d'un homme dérobant la vie d'un autre. Il se leva brutalement, un masque de contrariété que rien ne pouvait effacer plaqué sur son visage, descendit rapidement vers la sortie du bar et disparut, nous laissant ébahis. On ne le revit plus de la soirée.

Il réapparut le lendemain comme si de rien n'était. J'appris bien plus tard qu'on l'avait retrouvé dans la nuit, ivre et perdu dans la ville balnéaire où se tenait le Salon du livre. Une bonne âme qui le connaissait et l'admirait l'avait raccompagné à son hôtel. Quand je lui en parlai, des mois après, il eut comme toute explication « Il m'a volé mon livre », réponse d'autant plus étrange que je savais pertinemment qu'il n'en avait pas écrit la première ligne. Je n'avais pas compris alors ce qui ne m'apparut qu'au lendemain de sa mort.

Peu à peu il s'était résigné, choisissant de s'effacer, lui qui avait si souvent répété que, pour se faire désirer, il fallait savoir disparaître, ne plus donner signe de vie. Ainsi il s'éloignait doucement. Certains soirs où nous avions dîné tous les deux, il s'était emporté. Vexé pour des broutilles. J'avais essayé de lui parler mais il semblait ne pas entendre.

Un matin, il me téléphona tôt, ce qui n'était pas dans ses habitudes. Il fallait retrouver sa Volkswagen qu'il avait laissée, pensait-il, à Saint-Aulais, non loin d'une minuscule église romane du côté de Barbezieux.

« Vous pourriez m'aider à la récupérer ?

– Voulez-vous que je vous y conduise ? »

J'étais d'autant plus désireux de l'accompagner que je me demandais qui avait bien pu le ramener chez lui et surtout ce qu'il était allé chercher dans cette chapelle en dehors de toute grande voie de circulation, connue des seuls fondus d'art roman et de routes saintongeaises. Certes il pouvait faire des kilomètres pour apercevoir un détail de chapiteau, admirer la simplicité monastique d'une voûte et surtout revivre un souvenir. Mais là… J'avais beau me creuser la tête, je ne trouvais pas.

Nous roulions en silence, traversant la Gironde par le pont d'Aquitaine, nous dirigeant vers la Charente. Il pleuvait sans discontinuer sur un paysage de vignes qui traçaient leurs lignes noires à flanc de coteau. Il me raconta des péripéties qu'il voulait amusantes mais dont il était facile de deviner qu'elles dissimulaient une soirée de désespoir. Au retour, on s'arrêta pour déjeuner à La Boule d'or, un restaurant où, signala-t-il sans s'attarder, « il avait reçu le prix Jacques-Chardonne ». Je finissais par deviner. Ce prix avait compté pour lui. Il lui avait été remis par Jacques Laurent, plus de vingt ans auparavant. Il était alors le jeune écrivain étonnant qu'il n'aurait jamais voulu cesser d'être. Quand je tentai d'évoquer avec lui ce jour de fête, le ramener vers ces instants heureux, il coupa court.

« Je n'ai jamais compris pourquoi ils me l'ont donné », dit-il, et il passa à autre chose, hélant le serveur pour qu'il nous porte du vin. À table, il s'anima, sortant de sa torpeur, improvisant des histoires auxquelles nous faisions semblant de croire. On se rappela nos séjours espagnols et l'on se promit de repartir à la première occasion. Je savais que nous ne le ferions pas. Lui aussi. On se suivit en voiture pour rentrer. J'avais beau mettre cette mésaventure sur le compte d'une des frasques dont il était coutumier, l'inhabituelle grisaille de la journée me laissait un sentiment d'amertume que je n'avais jamais ressenti en sa compagnie. En arrivant à Bordeaux, je bifurquai vers le centre-ville tandis qu'il poursuivit vers les Chartrons. À un feu rouge, nous étions à la même hauteur et je lui fis un petit signe. Il me répondit par une grimace qu'il croyait comique mais dans laquelle je lus toute sa lassitude.

5. Se reconnaître, au-delà

De deux disgrâces, le Greco a composé un seul portrait. Il a définitivement choisi. Le roi ne veut pas de lui ? Il sera de Tolède. Il peindra pour la ville et ses églises. Quand le Greco y arrive en 1577, Tolède est à l'apogée de sa gloire. Évêché le plus riche du royaume, c'est un orgueil de pierre au-dessus du Tage. Son diocèse est immense. Plus de huit cents paroisses dans toute l'Espagne dépendent de son autorité, rendent hommage et font allégeance. Les plantations, les vignes, les oliviers, les amandiers, les champs de blé, les orangeraies qui entourent la capitale spirituelle du royaume appartiennent à l'Église. La ville est peuplée de religieux, moines, ordres mendiants, contemplatifs, reclus, petites sœurs des pauvres. Elle vit en oraison perpétuelle et ruisselle d'un or réservé à Dieu. Philippe II, roi d'Espagne au long règne, dont la défense de la foi catholique est une clef de voûte de sa politique, s'en est détourné pour de cauteleuses raisons. On ne peut, prétend-il, imposer un pouvoir qui puisse faire ombrage au primat des Espagnes, l'archevêque Gaspar de Quiroga y Vela, qui y réside. La Cour est itinérante. Philippe a transposé sa résidence à Madrid, bien plus modeste, flanquée d'un petit palais, où, avant lui, son père Charles Quint se rendait, et proche de bois plus giboyeux.

Tolède s'en accommode. Le Greco aussi, sans jamais oublier l'offense qui reste comme une marque infamante. Mais ici, les commandes pleuvent. Le Greco trouve assez de propositions pour satisfaire son appétit de dépenses. Raison pour laquelle il accepte les portraits, dès lors que les modèles ont un rang prestigieux et les ducats qui vont avec. Tous ont été identifiés avec certitude. Sauf celui du Caballero, dont on a cru longtemps qu'il était un autoportrait. Seul fait avéré, il a été peint aux alentours de 1580. Il a disparu pendant des années avant de refaire surface au XVIIIe siècle, mentionné pour la première fois sous le nom d'*El de Golilla*, qui désigne une collerette à l'ancienne pourtant différente de celle qui enserre le cou du personnage, avant d'être répertorié sous son titre actuel.

Après un oubli de plus d'un siècle, il est revenu à la surface du temps sans qu'on sache qui l'avait conservé et pose son regard désenchanté sur une nouvelle cour d'Espagne d'influence française. Le duc d'Arcos, qui avait hérité six tableaux du Greco alors que ce dernier était passé de mode, ignorait d'où venait le *Caballero* et qui il représentait. Demeure le mystère de ces yeux sans fond et de cette main fine posée sur la poitrine.

Depuis son atelier, le Greco voit les clochetons des sanctuaires qui se construisent, il entend les marteaux qui frappent en cadence et montent de nouveaux édifices. Les cloches du carmel tout proche, celles du cloître auquel son habitation est adossée, sonnent l'heure des offices et, plus bas, sur la route qui contourne et longe le fleuve, arrivent les convois des marchands. Ils viennent acheter la soie et les velours, les draps de laine envoyés au-delà des mers.

La ville est un monde. Des étrangers y résident pour quelque temps. Ou pour toujours. L'artiste s'est installé non loin de l'ancien palais du marquis de Villanueva, où il souhaite aménager plus tard. Il raffermit ses liens avec un petit groupe d'amis, religieux, nobles ou lettrés qui le suivront toute sa vie. Il les peint presque tous, témoignant de la fidélité de son attachement. Ils apparaissent dans ses tableaux : Fray Luis Paravicino ; Diego Covarrubias, dont l'érudition et l'œuvre l'impressionneront durablement, son frère Antonio, le complice d'une existence ; le comte de Benavente ; ou le père don Andres Nuñez. On les retrouve isolément ou rassemblés dans l'immensité de *L'Enterrement du comte d'Orgaz*, véritable galerie de ses affinités et de l'Olympe de la ville.

Quand Juan de Silva se poste devant le chevalet du Greco, il sait que le peintre a lui aussi été écarté par un royal dédain. Tout se sait et se murmure dans cette Espagne où plane l'ombre du Saint-Office. Personne n'est à l'abri du pouvoir inquisitorial, qui ne recherche pas seulement les convertis de façade, les Maures ou les juifs vivant en cachette leur foi ancienne, *conversos* ou apostats. Le Greco était là le jour de l'autodafé de 1580. Deux tribunes avaient été érigées sur la place de Zocodover, et depuis le matin le peuple se pressait sous les arcades. Il n'y avait plus une fenêtre libre, toutes avaient été louées. On attendait les condamnés, revêtus de leur chasuble jaune d'infamie, leurs crimes et leurs fautes dessinés sur leur vêtement, certains coiffés d'une cagoule pointue qui leur conférait des airs de lugubres unicornes. L'Inquisition jugeait mais ne tuait pas. Elle confiait au pouvoir séculier la tâche de l'exécution, veillant à ce que son mot d'ordre soit respecté à la lettre.

Pas plus que son portraitiste, Juan de Silva n'était à l'abri des soupçons des enquêteurs. Ces derniers chassaient les hérésies, non seulement celle des luthériens, mais toutes les idées progressistes de ces érudits qui se piquaient de contemplations, qui entendaient répandre partout le message du Christ en langue vulgaire et hors du temple, ces illuminés qui commentaient la Bible en dédaignant les préceptes des théologiens et des hommes de Dieu, qui fréquentaient les *beatas*, ces femmes retirées dans des grottes ou des couvents à la recherche d'extase à l'image de Thérèse d'Ávila.

Juan de Silva les connaît. Prudemment il les évite, alors qu'il partage leurs aspirations en une foi libérée de la tutelle d'une hiérarchie religieuse. Ce jour d'autodafé, huit condamnés sont amenés, parmi lesquels des bigames, un diseur de bonne aventure, des renégats et trois protestants. Ils portent la torche énorme qui écrase leur bras droit de son poids. Ils sont convaincus de blasphème. Ils ont avoué leurs erreurs. Le Saint-Office est satisfait et se retire à la nuit tombée. Les fagots ont été entassés un peu à l'écart de la place du jugement, en contrebas, face à l'ermitage du Cristo de la Vega. Quand le bûcher flambera, que l'odeur de chair carbonisée flottera sur la ville toute une nuit et le jour suivant, on comprendra que personne ne peut défier l'Inquisition.

Les deux hommes se font face, le peintre et le chevalier, l'artiste et le Caballero. Ils se reconnaissent et n'en disent rien. Ils sont de la même eau. Ils lisent les mêmes textes et les remâchent. Et n'entendent pas se voir privés de leur liberté. L'un et l'autre sentent que leurs rêves leur échappent. Juan de Silva dans peu de temps doit repartir à Lisbonne poursuivre l'œuvre souterraine en faveur du roi prudent, si peu amène, si peu reconnaissant. Le Greco, lui, a fait une croix sur la protection du souverain mais entend bien affirmer son talent. Il sait qu'il est unique. Il laisse à d'autres la répétition et la copie des maîtres. Il devine où est sa voie et l'imposera coûte que coûte.

6. Les yeux et le serment

La lumière du jour, adoucie par l'heure matinale, vient d'une grande fenêtre, à la droite du modèle. Elle éclaire son bras valide, laisse l'autre dans l'ombre. L'épaule est esquissée en un seul trait fuyant, long et asymétrique. C'est ainsi que l'a voulu le Greco. À l'aube, Juan de Silva a soigneusement choisi le pourpoint noir et la courte fraise, mousse de dentelle accordée à celle de son poignet. Il a glissé dans une poche intérieure la médaille de l'ordre de Calatrava et s'est saisi de son épée d'apparat, à la garde en or repoussée, à la lame d'acier de Tolède. Il a assisté à la messe dans la chapelle de la haute maison de famille qu'il conserve dans cette ville. La bâtisse que son père lui a léguée est étroite et incommode. Mais elle est celle d'un homme de bien. Il s'est recueilli en compagnie de son confesseur, Fray Luis, le seul à qui il avoue presque tout. Tout sauf les ordres du roi. Le prêtre connaît déjà le monologue qu'il va entendre. La blessure de don Juan de Silva est peu de chose au regard de ce qui le consume.

Fray Luis a écouté une fois encore le comte dévider son discours. Il a pour lui une véritable estime. Pas seulement pour la confiance qu'il lui accorde, ni pour la tâche qu'il lui a confiée de l'assister en son salut. Mais pour ses qualités morales. Il ne se fait aucune illusion sur ce que son ami lui cache. Il sait qu'il existe des actes qu'il n'a pas à connaître et préfère ignorer la duplicité dont son seigneur est obligé d'user pour arriver à ses fins et servir l'Espagne.

Juan de Silva, lui, se félicite d'avoir passé commande à ce Grec qui a essayé de percer à la Cour avec son *Saint Maurice* stupéfiant et dont le Christ de l'*Expolio* est admiré dans tout le pays. Il devine que cet artiste sera capable de remplir la mission qu'il s'interdit de demander clairement : l'immortaliser. C'est ainsi que le Caballero l'entend. Il veut de toutes ses forces que les années futures voient la preuve de sa fidélité, la force de son serment : servir par-delà toutes les vicissitudes et toutes les rebuffades.

Le Greco a fait venir des musiciens. Il aime travailler sur les notes d'un orchestre de chambre. Il peint avec rapidité, fixe les traits avec une véracité confondante. Il réserve à ses saints les distorsions qui surprennent. Leurs figures allongées, leurs jambes étirées, leurs bustes disproportionnés sont le reflet du surnaturel de leur âme. Les saints ne sont plus de notre monde. Là, il a en face de lui un mortel, un gentilhomme issu d'une vieille et grande famille tolédane, un familier de la Cour qui aspire à de hautes fonctions, un estropié dont il connaît l'histoire. Il ne peut l'ignorer. Tout Tolède suit cette conquête du Portugal tout proche. Juan de Silva en est l'un des principaux et silencieux acteurs. Il s'efforce d'atténuer par la diplomatie les désastres de la guerre. Il demeurera ensuite à Lisbonne, dans un conseil de régence, quand Philippe II regagnera Madrid.

Le modèle reste impavide. Il ne laisse rien paraître de ce qu'il a confié à son seul confesseur. Peine perdue. Le Greco connaît ses failles intimes. Il sait ce que cache ce visage indéchiffrable, ce port hautain, à peine contredit par la main posée sur le cœur comme pour le prendre à témoin.

Il lit en lui, devine l'injustice qui le mine pour ne pas se changer en ressentiment. Comme lui, cet homme est conscient de sa valeur mais il doit enterrer ses espérances. Le peintre affine ses traits, gomme l'âge qui commence à marquer le visage après les mois de captivité et les jours de souffrance. Il le représente plus jeune. Cela est nécessaire si l'on veut que se remarque la plaie secrète. Non pas celle qui a condamné le bras à ce balancement inutile au long du corps, mais celle qui transparaît dans les grands cernes bruns que la lumière rasante éclaire à peine. L'insistance du regard quête une affection secrètement souhaitée, une marque de confiance qui ne viendra jamais.

Ce regard ne lui appartient plus.

7. Sinon se souvenir

Mon train a quitté la minuscule gare de San Lorenzo. J'ai tourné le dos à l'Escorial, cheminé lentement entre les sapins et les lacs violets. À Madrid, j'ai traîné, en arrivant autour de la *plaza* Santa Ana, dans les bars où nous allions avec Veilletet. Le lendemain, je suis parti en voiture. J'ai laissé derrière moi le Prado et ses vendeurs à la sauvette. Je suis passé devant Las Ventas avant de rejoindre l'autoroute qui divise la capitale et, sans qu'on s'en aperçoive, mène en pleine Castille. Peu à peu, les immeubles cèdent du terrain aux grands ensembles. La ville n'en finit pas de grandir. Elle mange les petites cités qui ont longtemps vécu loin d'elle. Les immeubles se font plus rares, des lotissements ont poussé que la grande vague de briques et de béton recouvrira un jour.

Enfin arrive le plateau de la Meseta, vide, nu depuis des siècles, aux couleurs changeantes sous le ciel immense de La Mancha, allant du bistre au pourpre quand la lumière ensanglante la sierra. De loin en loin, un village se cache au milieu du pli rocheux. Cette même terre a vu passer les caravanes, les gloires ducales et les peines royales, les troupes de lansquenets prenant le chemin de la France, Juan de Silva et Philippe II.

Je roule sur l'autoroute déserte. Il me semble revenir d'un pays oublié, comme si j'avais ouvert la porte d'une mémoire inconnue, comme si j'avais rejoint, dans la confusion du temps, un ami disparu et des paysages familiers. Le soleil monte graduellement dans le ciel. Les nuages promènent leur ombre lente sur le sol qui, dès qu'un rayon l'embrase, n'en paraît que plus brûlant. Bientôt, je vois Pancorbo et ses deux rocs telles deux canines monstrueuses, puis, dans la déchirure de la roche, la grande descente qui vous enlève à la Castille. Plus bas, les collines sont vertes et la lumière est douce.

Je reviens d'un voyage dont j'ignorais qu'il était blotti en moi, réclamant de s'accomplir, demandant à être libéré. Je suis parti découvrir un pays que je connaissais déjà, au rendez-vous d'un homme que j'avais perdu deux fois. Parce qu'il s'était dérobé et parce qu'il était mort. Il a fallu que je remonte les siècles pour le retrouver. Sous les traits d'un gentilhomme qui n'est peut-être qu'un notaire sans éclat mais qui, pour moi, restera à jamais un ambassadeur et un aventurier, fidèle soutien de son roi, habile manœuvrier, toujours en quête de ce qu'il n'a pas et n'aura plus, semblable à tous ceux qui ont préféré la solitude au commerce de la société car ils se savent inconsolables.

On croit qu'ils ont tout, que le ciel les a comblés. Ils exigent encore. Ils veulent qu'on les considère, non pour ce qu'ils paraissent, mais pour ce qu'ils sont au fond de leur âme, et que les autres ignorent. Ils vivent ainsi, en s'efforçant de masquer le vide qui gagne et qui finira par les engloutir. Ils tiennent bon jusqu'au moment où ils renoncent. Ils lâchent la corde, s'enferment et attendent de mourir. Un souffle les brise. On ne peut plus rien pour eux. Sinon se souvenir.

Remerciements

Je n'aurais pu imaginer, en commençant cette enquête sur la supposée identité du *Caballero de la mano en el pecho*, que deux des sommités veillant à la connaissance de l'œuvre du Greco répondent avec autant de simplicité à ma demande et qu'ils me donnent si aimablement accès à leurs conclusions sur un sujet somme toute mineur. Mais sans leur gentillesse et leur disponibilité jamais je n'aurais pu entamer la rédaction de ce livre. C'est pourquoi je tiens à remercier tout d'abord Leticia Ruiz, conservatrice du musée du Prado, ainsi que Fernando Marías, auteur de *Le Greco, un peintre extravagant*, commissaire de l'exceptionnelle exposition qui eut lieu à Tolède en 2014 à l'occasion du 400e anniversaire de la mort du peintre. Je ne saurais oublier le père Patrick Royannais, curé de la paroisse des Français de Madrid et auteur d'un vivifiant *Le Greco, la peinture de l'impossible*, qui a bien voulu me donner sa vision de l'œuvre de l'artiste.

Je voudrais également remercier Luisa Castro, de l'Instituto Cervantes de Bordeaux, qui m'a aidé dans mes premières démarches et m'a mis en relation avec Joseph Perez, hélas disparu, qui m'a encouragé dans cette exploration d'un siècle dont il était l'admirable connaisseur, ainsi que Florence Cézard, pour ses précieuses découvertes de documents rares. Toute ma gratitude va à mes amis madrilènes et sévillans, Véronique Vic, Olivier Mageste, à Bernard Domb « Simon Casas », Roberto Piles, Vincent Bourg et Cécile Mesplede qui m'ont accompagné dans mes pérégrinations castillanes ou andalouses.

Enfin ce livre n'aurait pu exister sans la patience et le soutien de Sophie Avon, la bienveillance d'Emmanuelle Dugain-Delacomptée et l'enthousiasme de Jean Le Gall. À eux, toute ma reconnaissance.

Sources

BARRÈS, Maurice, *Greco ou le Secret de Tolède*, Paris, Plon, 1911.

BAYON, Damian, « L'Escorial est-il bien "espagnol" ? », in *Annales. Économies, sociétés, civilisations*, n° 1, Paris, Armand Colin, 1962, p. 23-45.

BOUZA ÀLVAREZ, Fernando, « Corte es decepciòn. Don Juan de Silva, Conde de Portalegre », in MARTÌNES MILLÀN, José (dir.), *La Corte de Felipe II*, chap. XI, Madrid, Alianza Editorial, 1994.

CASSOU, Jean, *Le Greco*, Paris, Rieder,1933.

— *Vie de Philippe II*, Paris, Gallimard, 1929.

CLOULAS-BROUSSEAU, Annie, « Le Greco à l'Escurial : Le Martyre de saint Maurice », in *Studies in the History of Art. El Greco Italy and Spain*, Washington, National Gallery of Art, 1984, p. 49-54.

— « Les peintures du grand retable au monastère de l'Escurial », in *Mélanges de la Casa de Velasquez*, tome IV, Paris, éditions E. de Boccard, 1968, p. 173-202.

ÉMIÉ, Louis, *Espagnes*, Bordeaux, Le Festin, 2014.

MARÍAS, Fernando, *Greco : biographie d'un peintre extravagant*, Paris, Cohen&Cohen, 2014.

— *El griego de Toledo : pintor de lo visible y lo invisible*, Tolède, Fundación El Greco, 2014.

PÉREZ, Joseph, *L'Espagne de Philippe II*, Paris, Fayard, 1999.

ROYANNAIS, Patrick, « Le Greco, la peinture de l'impossible », in Études, 2014/10 (octobre), Paris, S.E.R., 2014, p. 75-86.

RUIZ GÓMEZ, Leticia, *El Greco en el Museo del Prado*, Madrid, Museo Nacional del Prado, 2007.

— *El Greco y la pintura española del Renacimiento. Nuevas salas del Museo del Prado*, Madrid, Editorial Palacios y Museos, 2001.

— « El reencuentro con un original de El Greco », in *Ars Magazine*, n° 14, 2012, p. 54-64.

SAINT-SIMON, *Mémoires*, tome XVIII, chap. XV, Paris, Hachette, 1856.

SANCHO, José Luis, « Les châteaux et palais espagnols chez Saint-Simon », in *Cahiers Saint-Simon,* n° 33, Société Saint-Simon, 2005, p. 63-75.

VALLENTIN, Antonina, *El Greco*, Paris, Albin Michel, 1954.

Table des matières

V. L'ARAIGNÉE DE L'ESCORIAL

Conception graphique : Justine Dupré
Composition : Peter Vogelpoel

Dépôt légal : août 2022
ISBN 978-2-7491-7443-3

Vous pouvez consulter notre catalogue général
et l'annonce de nos prochaines parutions sur notre site :
www.cherche-midi.com

92, avenue de France, 75013 Paris

Imprimé en France en septembre 2022
par l'Imprimerie Maury S.A.S. à Millau (12)

M17443/03
N° d'impression : I22/71737L